MATEI MINHA MÃE

ANDERSON FELIX

Matei minha mãe

Romance

Curitiba, 2020

KOTTER EDITORIAL

COORDENAÇÃO EDITORIAL: Sálvio Nienkötter
EDITORES-EXECUTIVOS: Francieli Cunico, Raul K. Souza
EDITORA-ADJUNTA: Isadora M. Castro Custódio
EDITOR ASSISTENTE: Daniel Osiecki
CAPA E PROJETO GRÁFICO: Cintia Belloc
PRODUÇÃO: Cristiane Nienkötter
PREPARAÇÃO DE ORIGINAIS E REVISÃO: o Autor

Dados Internacionais de Catalogação na Publicação (CIP)
Angelica Ilacqua CRB-8/7057

Felix, Anderson
Matei minha mãe / Anderson Felix – Curitiba: Kotter Editorial, 2020.
244 p.

ISBN 978-65-86526-70-7

1. Ficção brasileira I. Título

20-4142 CDD B869.3

Kotter Editorial
Rua das Cerejeiras | 194
82.7700-510 | Curitiba | Paraná
+55 (41) 3585-5161
www.kotter.com.br | contato@kotter.com.br

Para minha mãe, meu pai,
e também para
Tania e Ely. Pois sem eles
não haveria a próxima dedicatória

Matei minha mãe. Enterrei meu amigo. Sou um punheteiro de merda. Eu entendo de merda. Eu sou um merda. Antes de começar meu relato é importante deixar claro que não sou nenhum letrado e nem tenho o costume de contar histórias. Por isso não sei como começar, pois o começo tá muito atrás e a merda toda veio bem depois.

De vez em quando lembro do final. Não do final quando termina, mas do final depois que tudo acaba. Tô sempre cansado e com pouco tempo pra escrever, então talvez nem termine meu relato.

Aqui no exército a gente não faz nada de produtivo e ainda assim tá todo mundo sempre nervoso, como se a vida de um dependesse da eficiência do outro pra varrer bem o pátio.

A psicóloga me pediu pra escrever esse diário, esse... caderno de memórias. Disse que é importante a gente colocar pra fora. Essa parada de saúde e proteção. No começo achei tolice, parecia coisa de quem tá preso por um erro da justiça ou no porão se protegendo de algum vírus. Aí eu descobri que um camarada aqui do alojamento também escreve, que isso deixa ele mais vivo e coisa e tal. O maluco tomou um tiro na cara naquele atentado que teve lá na escola. Mas prometo que um dia eu conto a história dele, o negócio agora é contar a minha.

E eu preciso me sentir vivo.

I

Eu era criança quando minha tia evangélica, irmã da minha mãe, deixou lá em casa uma coleção de discos velhos sobre contos de fadas. Meu irmão descia a agulha e eu ouvia uma caralhada de vezes. Bons tempos. Aí depois veio o Caçador de Marajás e congelou a grana do pessoal, a galera caiu no desespero e era só maluco vendendo o rádio pra comprar feijão. Lá se foram meus discos.

Eu lembro pouco dessa época, tinha uns sete ou oito anos. Na real, falando agora me veio na cabeça a última vez que a minha tia apareceu aqui em casa. Não sei que porra andava a conversa que ela inventou de falar que tinha de voltar a ditadura, que naquela época era melhor e não sei o que lá. Pra quê, maluco. Meu pai não é muito de falar, mas naquele dia o bicho descascou. Chamou ela de burra de merda, mandou uma pedida de que ela não lia, porque se lesse deixava de ser evangélica. Como eu disse, eu era novo, então não manjava o que tava rolando, mas meu irmão apertava a barriga de tanto que ria no sofá. Eu ia na onda e fazia igual.

Minha tia foi embora num veneno. A última vez que vi ela foi no enterro da minha mãe.

Nunca gostei de ser criança, nunca mesmo, queria crescer logo. Tolice fudida aquele pessoal da escola correndo um atrás do outro. Bando de idiotas. E eu nem tinha amigos, preferia ficar sozinho no pátio. Mas é aquela coisa, né, com o tempo os bichos cansam de correr e procuram um infeliz pra encher o saco. Eu manjava quando ia dar merda na parada. Então preferia me isolar na biblioteca. Lá nunca tem ninguém. A bibliotecária entrou em depressão depois de sofrer aborto e meteu um afastamento. Agora nem mais ela entra aqui.

Um dia, durante o recreio, veio um pessoal de branco e doou pra escola umas conservas com bichos estranhos. Os potes foram parar na biblioteca. Tinha cobra, morcego, lagartas e um feto. O guri era pequeno, tamanho da minha palma. Saquei que ele era o filho morto da bibliotecária, só podia. E como vi na televisão um cara falando que a melhor forma de se comunicar com os mortos era por telepatia, resolvi usar o método. No recreio, em vez de bater um rango, eu ia pra biblioteca, sentava na frente do feto e conversava com ele enquanto fingia ler um livro de capa verde. Nem lembro do nome, só sei que tinha a expressão *filho da puta* no meio de um poema. Não sabia que podia publicar esse tipo de coisa. É por isso que tô de boa aqui falando uns palavrão.

Nossa conversa era um processo cuidadoso, mas de vez em quando eu soltava um sussurro sem querer e ficava com medo de alguém entrar e acabar percebendo e eu virar o Tonho da Lua da escola.

Agora, ao lembrar dessa época, questiono como caralhos nunca dei um nome pra ele. Digo ele, pois dava pra ver o piruzinho. O meu amigo falava pouco e eu menos ainda. Em geral ele queria saber o motivo de Deus deixar aquilo acontecer… eu não sabia responder e nem me questionava.

A bibliotecária voltou certo dia. Só eu vi quando parou na frente do feto, acendeu um cigarro e caiu no choro. Na manhã seguinte, somente os peçonhentos tavam lá. Meu amigo se foi e eu fiquei.

Tá, mas por que diabos tô falando disso? Esse negócio de escrever é foda, o cara viaja na maionese, vai pra casa do caralho e nem sabe como chegou… Ah, lembrei. É o lance de botar as memórias pra fora e tal, né? Me sentir vivo.

II

Reprovei na quarta e na quinta série, tô fazendo a sétima pela segunda vez. Se eu me fuder esse ano, no próximo eu meto um supletivo. Na moral.

Na saída da escola, só eu e uma menina negra fazemos o trajeto oposto ao dos outros. A gente pega a trilha do lodo e entra na rodovia. Pra mim é de boa, porque aí posso voltar de skate pra casa. O foda é aguentar a catinga da trilha e o medo de cair na merda.

Subi no skate, empurrei com o pé e peguei impulso. Esse bairro é uma desgraça, só tem mato nessa porra. Eu passo na frente da empresa de ônibus. A placa de "não há vagas" tá sempre presa no portão, mas na real, se o cara aparece com uma carta de recomendação de vereador, pelo menos uma entrevista o vagabundo consegue.

Passo da hípica, depois tem o terreno com um punhado de mato, o frigorífico, a fábrica de sorvete, mais mato, a quadra de tênis, o posto de gasolina e tem mato deixando de ser mato pra virar prédio. Deslizo o pé pra trás do skate e paro.

Costumo levar uns cinco minutos pra atravessar a rodovia e chegar em casa, é que ainda não colocaram as barreiras pequenas no meio da pista, então é preciso esperar a hora certa aparecer nos dois sentidos da estrada. O meio-fio do acostamento onde tô parado tá pintado de verde e amarelo por causa da Copa na França.

Não faz muito tempo o seu Zica tinha um boteco do lado de cá e a maioria dos bêbados morava do lado de lá. Na real, só quem mora depois da rodovia é a minha família, a da minha cunhada e o Buba. Mas como eu ia dizendo, tinha o boteco do seu Zica aqui perto, e pelo menos uma vez por mês algum bêbado ia pro vinagre tentando voltar pra casa. Na última a parada foi feia. Um senhorzinho foi atravessar pra comprar pinga e tropeçou no próprio chinelo, não tava bêbado nem nada, mas a gaiola com o passarinho caiu da mão e o coitado parou pra juntar. O primeiro carro que atropelou só pegou de leve e o senhorzinho conseguiu ficar de pé. Aí veio o segundo. Rasgou o velho e quebrou a gaiola. O passarinho voou fazendo um esperneio. O terceiro só serviu pra acabar com a malinagem. O estrago foi tão grande que o pessoal do rabecão não conseguiu juntar todas as peças, e no dia seguinte tavam os urubus comendo a carniça no canto da estrada. Acho que é por isso que o seu Zica nunca vendia fiado.

Um dia a mulher dele descobriu que no fim da noite quando o bar baixava as portas, o marido virava mãe pros bêbados. O casal se separou e o boteco fechou as portas pra valer. O cara virou piada, entrou em depressão e emagreceu.

Alguém disse que o bicho tava com Aids e o pessoal nunca mais chegou perto pra tirar onda com a cara do maluco.

Foi mal, vou tentar não fugir muito pra essa porra não virar conversa de madame.

Meu cachorro Tobias me esperava na boca da rua. É um vira-lata caramelo. Logo no primeiro dia dele lá em casa fiz questão de ensinar a nunca atravessar a rodovia. Demorou um pouco pra aprender, porque no começo são bem ativos e adoram andar atrás da gente, mas consegui.

O Buba e o mudinho almoçavam na calçada do galpão. Acenei pra eles. Tobias abocanhou de brincadeira a roda do skate quando peguei na maçaneta da porta de casa.

"Pronto pro primeiro dia, Samuel?"

Puta merda. Enrolei esse tempo todo e esqueci de dizer meu nome, mas agora cê já sabe. Samuel dos Passos.

Me virei. Era a dona Angélica ajoelhada na varanda, fazendo a Velha Coroca da mãe dela engolir um aviãozinho de mingau. A casa fica bem de frente pra nossa. Na real, a casa dela não é dela e a nossa não é nossa. É tudo do Buba. Ele aluga pra gente. Quando abro a porta pra ir pra escola de manhã, tá lá a Velha Coroca olhando pro nada pelo canto da cortina da janela. De noite o bagulho fica mais sinistro, parece gato vendo espírito. Dona Angélica parou com a colher na mão como se esperasse pela minha resposta. Que diabos eu podia dizer? A gente nunca tá preparado pra porra nenhuma, até fazer. Mas aí meu irmão apareceu na janela e me salvou.

"Sempre tá. O guri não é fraco, não."

Meu irmão vive me livrando dessas situações. Não sou muito sociável e ele sabe. Nunca fui. Até em casa eu falo pouco. Deve ter uma meia dúzia de gente que eu consigo ter alguma prosa, e ela não é uma delas. Nada contra. É uma pessoa boa e tudo, nos ajudou bastante. Foi a dona Angélica quem me deu o Tobias quando abandonaram ele num quarto do motel que ela e a minha mãe trampavam. Mas o foda é a dona sempre carregar a Velha Coroca pra todo lado como se fosse uma parte do corpo.

Acenei pra me despedir da dona e entrei. Meu irmão começava a vestir o uniforme do mercado. Esperei a camisa cobrir o rosto, larguei o skate, fui na maciota e acertei um soquinho nas costelas dele. Vestiu rápido, tomou posição e levantou os punhos. Joguei a direita pra trás e tentei um murro de leve. O bicho esquivou, me agarrou e mordeu minha orelha. Depois da luta do Tyson com o Holyfield, tudo quanto é vagabundo fica com essa palhaçadinha.

"Se tu brigar com alguém desse jeito," disse o meu irmão "o cara vai te comer na bicuda. Não podes jogar o braço pra trás. O primeiro soco tem que ser rápido pra assustar o maluco." demonstrou "No que ele tiver assustado, vais ter tempo de jogar pra trás e meter a bomba na cara do cara. Se acertar no nariz é caixão."

"E se ele não cair com a porrada?"

"Tava só esperando tu chegar pra te mostrar um som. Chega aí."

"Mas e se o vagabundo não cair?"

Fomos pro quarto dele. Abriu o guarda-roupa e a naftalina tomou conta. Tirou um CD no meio da bagunça e pôs pra tocar no Gradiente. Sentamos na cama. Três toques na baqueta e começa a paulada com o baixo acompanhando o bumbo. Meu irmão simulou a entrada da guitarra de forma bem sincronizada.

"É tu que tá tocando?"

Aumentou o som e confirmou com a cabeça, sem parar com os movimentos. O volume tava muito alto e fez a casa de madeira tremer, cheguei a sentir cocô de cupim caindo do teto pros meus joelhos. A banda manteve a sequência e aí o vocalista entrou. A voz era uma delicada fúria, a extensão natural sem esforço. Meu irmão é um baita músico, mas no momento tudo foi ofuscado pelo brilho do canto.

Stop.

"O que achou?"

"Caralho. Que som foda."

"A gente gravou no estúdio e depois mandamos pros clubes."

Pegou um maço de folha embaixo da cama e me entregou uma. Era o cartaz de divulgação do show da banda dele, os Cães de Guerra. Perguntei onde era o lugar, um tal de Plata Club.

"É no continente. Uma casa bem porqueira, mas já é um começo."

Olhei a data. Era domingo agora. Daqui dois dias.

"A gente conseguiu fazer uma boa divulgação, colamos cartazes em um monte de poste. Mas tu curtiu mesmo o som?"

"Sim, sim. Porra. Pra caralho. É bem crítico, né?"

Na real, só falei, porque o refrão era: *"Prefiro não. Prefiro não"*. Fiquei mais atento pro som e não pesquei tanto a letra.

"Claro, pô. Tem que ser. Foda-se o sistema."

"Rock na veia, pagode na cadeia."

"Tapa na cara da burguesia."

A gente sempre tira uma com essas frases manjadas.

"Afina o meu violão?" pedi.

"Pega lá."

Creio em deus pai. Meu quarto fedia a sebo. Abri logo a janela e peguei a viola embaixo da cama. O violão na real é dele, mas sempre fica comigo, então é meu. Tobias quase arrebentou a corda ao pular em cima pra brincar. Eu disse pra ele que depois eu dava uma atenção e o bicho sossegou.

Meu irmão olhou no relógio, tava perto de se atrasar pro trampo, mas a hora de sair mesmo é só quando a Denise chega. Depois que matei nossa mãe, ele decidiu se dedicar aos estudos. Passou no vestibular e tá fazendo Direito pela manhã. Agora, quase nunca tem tempo pra porra nenhuma, e se não tá com a banda ou no mercado, tá com a cara colada num livro gigante. Queria eu ter esse empenho pros estudos.

Pôs o pé na cama e afinou o violão no colo. Ele afina de ouvido, e se a vibração muda, já sabe até se vai chover. Fico de cara com um troço desses. Tô aprendendo ainda, de cabeça só sei tocar Flores, dos Titãs, e aquela do batendo na porta do céu.

Denise entrou, já é de casa faz tempo. Ela e o meu irmão trabalham juntos no mercado. Eles ficaram pela primeira vez na festa aqui da rua quando o Brasil ganhou o Tetra, uns dois meses depois da família dela ir morar aqui na frente. No começo eu achava a Denise gostosa pra caralho, tocava várias punhetas no cantinho da janela do meu quarto olhando ela pôr as roupas no varal. Mas foi só ela namorar com o meu irmão que eu perdi a vontade. A mina deu um puta auxílio com a limpeza aqui de casa depois que matei minha mãe.

Calcei a bota, peguei a bacia do lado do fogão e chamei o Tobias. Fomos pelo caminho atrás de casa. A trilha de noite parece filme de terror. Passamos pelo canavial e o vento ficou mais gelado. A terra tava toda lamacenta. Antes de chegar na água do mangue, consegui ver o esconderijo dos gatanhões. Eles são parentes dos siris, pra ti que é leigo. Gosto dessa palavra. Leigo. Meu professor de português sempre usa quando quer chamar alguém de burro. Tobias acelerou todo endemonhado e cheirou toca por toca. Começou a cavar e jogou lama pra todo lado. Saí de perto, esperei e aproximei quando vi o vagabundo tentando fugir da toca. Tive de ser rápido, porque se o Tobias morde é caixão, e porra, eu quero o gatanhão inteiro. Agarrei o vagabundo. O maluco é feio pra caralho, parece o Predador. Joguei pra bacia.

O bom é vim na maré alta, porque as tocas ficam bem abertas e não são profundas, dá pra meter a mão e pegar de boa. Mas se a maré baixa, eles vão pros outros cantos com mais água. E como o papai aqui sabe disso e tem a manha, nunca volto pra casa sem uns cinco ou trinta deles na bacia.

Consegui pegar dezoito, um maior que o outro. Chego em casa e coloco no congelador da geladeira. Prefiro assim, pelo menos eles morrem sem eu ver. Com a minha mãe não tinha esse arrego todo não, mandava pra panela e não queria nem saber. Os bichos tentavam sair e ela apertava a tampa com tanta força que chegava a estufar a veia do pescoço. Deve ser foda morrer cozido. Mas é como diz o velho samba: "antes ele do que eu".

Pus a bota no tanque, fechei a janela do quarto e coloquei o VHS Quatro garotas tímidas fazendo o que o diabo gosta. É um pornozão bem caseiro e tem umas atrizes com cara de mulher que a gente encontra em qualquer rua. A primeira é toda perfeita, mas o vagabundo fica lambendo a bucetinha só na ponta da língua. Tá com nojo de chupar buceta, então vai chupar caralho. Não fode. Passo pra frente, boto o pau pra fora, toco um pouco e aperto o pau. Passo pra frente. Ela chupa o cara. Toco mais um pouco e aperto o pau. Olho no meu relógio do exército, preciso ser rápido, vou pra hípica daqui a pouco. Ele pega ela de quatro e dão um close na pombinha cabeluda. Toco. Toco. Eu vou gozar. O negócio tá vindo. A minha mãe também. Esse é o preço. Eu vejo a cabeça da minha velha, parece uma melancia estourada no asfalto. Aperto o pau. Aperto mais forte. O cara mete no cu, ela se assusta. Os miolos fizeram uma trilha com a freada do caminhão. Eu tô gozando. A baga do olho tava toda pra fora. Eu começo a me contorcer pra agarrar a porra. O cara soca forte no cu da mina. O Buba me segura e o Mudinho tenta tapar meus olhos pra mim não ver. Eu preciso dar uma olhada, foi a merda que eu fiz. Não era pra ser assim. Mas é o preço.

Lavo as mãos no banheiro e desligo o videocassete. Abro o compartimento de pilhas do meu mini system e retiro o saquinho de palheiro e o isqueiro. Pro meu pai, só comecei a fumar depois que matei minha mãe. Na verdade, eu fumo desde os nove anos, apenas fazia escondido. Fumar mesmo, de ser todo o dia, aí sim, foi depois. Mas uma coisa não tem nada a ver com a outra. Meu pai ficou mais ausente e eu tive mais tempo pra fumar. Não culpo ele nem nada. A vida é como é porque as coisas são como são.

Era pra mim esquentar o arroz pro Tobias. Não vai dar tempo. Ele não se importa, come tudo e lambe a cumbuca numa boa. Fecho a casa e deixo o meu amigo do lado de fora. Prefiro ele livre. Nunca precisei me preocupar, pois o pessoal cuida dele, o Mudinho e o Buba não deixam o Tobias ir pra estrada.

Essa época do ano é bem fria, eu devia levar um casaco, mas a temperatura na ilha é estranha. De vez em quando o cara sai de casa todo encolhido e volta suado. E o contrário também acontece.

Encontrei o Cobrador voltando pra casa. Ele é irmão da Denise. O bicho é estranho pra caralho, parece um pino de boliche arrastando os pés. Quem vê diz que o coitado bateu concreto o dia todo. Na real só fica sentadinho passando troco e girando a catraca.

"E aí, viadão." diz ele.

"E aí, bichona."

"Só de boa?"

"Naquelas."

Aperta a minha mão, mas nem paro. O maluco só fala merda. O Tobias não gosta muito dele não e de vez em quando até tenta morder a pochete de câmbio-dólar do vagabundo.

A casa do Buba é a primeira da rua. Ele tira um sono nessa hora, por isso bato na porta com força. Faço pra avacalhar mesmo. Que se foda. O bicho ganhava uma grana jogando no Avaí, disse meu pai quando eu era criança. A gente sabe, time regional não paga bem, então é só uma grana melhor que a de um fudido qualquer, aí fica essa impressão de que o cara tá na vida mansa. Aumento a força da batida. Um dia ele teve uma pereba no joelho e pendurou as chuteiras mais cedo. Logo depois passou num concurso e virou bancário. Ficou um tempo panguando de boa, até o chefe falar uma parada racista pra ele. O Buba meteu o patrão no pau e ganhou a bolada.

"FBI. Abra ou arrombaremos."

Ele abre na lerdeza, com os olhos quase fechados pra proteger da luz do dia.

"Arrombado vai ficar teu cu, se tu fizer isso de novo, seu filho... seu animal."

Ele ia me chamar de filho da puta. Sacou, né?

"Preciso da serragem."

"Porra, laranjão pra caralho. Por que tu não pegou antes? Fala lá com o Leandro."

"Pode crê, meu chapa."

"Vai ti fuder."

Virou as costas e fechou a porta.

Dei a volta na casa e entrei no galpão, vi o Mudinho estirado na bancada dormindo de cu pra cima, parecia um mendigão do caralho. Ficou surdo aos quatro anos por causa de uma meningite. Quando entrei no pré-escolar, ele fazia a terceira série pela última vez, depois abandonou, não conseguia entender porra nenhuma mesmo. Começou a fabricar móveis com o Buba logo em seguida, pois a mãe dele deu a condição: ou trabalha ou estuda. Os caras nunca param. Sempre aparece algum bacana com cara de leite, mostra umas medidas, volta pra casa, dá uma cagadinha e espera a parada chegar.

Esquivei das serras, passei por baixo do maquinário e fui até o fim do galpão onde ficam as madeiras que viram serragem. O saco já tava separado, só reforcei a amarração e pus nas costas.

Sinto uma lomba antes mesmo de entrar na rodovia, mas não tem jeito, é só seguir em frente e fumar o palheiro com o vento dos carros ardendo meu nariz. Dependendo do quanto conseguir pela serragem, vou comprar um par de pilhas no mercado e talvez sobre dinheiro pra uma fita K7 virgem no camelô. Tá foda fazer qualquer coisa sem o walkman. Eu podia pedir pro meu irmão, ele consegue as pilhas na boiada, mas o cara já faz bastante por mim. No próximo mês, quando eu pegar salário cheio, quero comprar também uns panos da hora. Até lá vou dando os meus pulos.

Uma bola de tênis quica no chão, passa na minha frente e gira devagar pra estrada. Eu podia pegar sem esforço, mas prefiro ficar na maciota. Com o canto do olho, percebo o cara de Astolfo agarrando a grade. Ele grita pra mim pegar. Roland Garros fez muito vagabundo querer ser o novo Guga. Continuo em frente. Pau no cu dele. O maluco corre pra sair da quadra, passa o gramado e acelera mais ainda. Um carro atropela a bola e o desgraçado berra feito filho da puta. Outro carro passa por cima e ela se escangalha toda. Diminuo os passos só pra ouvir o choro do boca de gaveta. Se vier falar um ai, vou dar uma cotovelada pra explodir o crocante do nariz. Mas o Astolfo só bate com a raquete no ar pra encenar a irritação pro papai e mostrar que tá virando mocinho. Tapa na cara da burguesia.

Parei na frente da hípica. O guardinha botou o cabeção pra fora, olhou o saco e me mandou entrar. Puxei o ferrolho do portão e segui. Entrego serragem pro seu Ícaro uma vez a cada dois dias, ele é o grandão da porra toda. Na semana passada perguntou se eu conhecia alguém pra limpar a merda dos cavalos. Só conheço eu mesmo, respondi. Cento e cinquenta pila por mês. Vou trampar na maciota. Já tô no lucro. Só não vai assinar a minha carteira porque tenho quinze anos. Muito novo pra função, disse ele.

"Samuca." olhei pros lados procurando pela voz "Aqui na baia."

Encontrei ele vacinando um cavalo. Cada casinha tem uma placa indicando o nome do pangaré, aquele era o Fittipaldi. Só de chegar perto sinto uma ardência nos olhos. O cheiro de urina é terrível, uma sensação de travar a garganta.

Me entregou um molho de chaves.

"A quadrada é a do teu armário, o número sete. O uniforme já tá lá. A redondinha é a do banheiro. Troca de roupa e vem aqui pra gente começar."

Deixei a serragem ali e fui vestir o uniforme, um verde morto, parecia roupa de presidiário. O Fittipaldi tava amarrado no corredor da cocheira. Passei por ele com cuidado pra não tomar um coice na testa e entrei na baia.

"Hoje é só treinamento. Vai ter dia que eu vou precisar de ti de manhã e vai ter dia que eu vou precisar de ti só de tarde. Isso por enquanto. Depois que tu voltar das férias da escola, aí tu fica só de tarde. Então vamos lá. Primeiramente, limpar uma baia não é só limpar uma baia..."

E assim, conforme me ensinava, eu aprendi e fui fazendo. Serragem é o melhor tipo de cama pro cavalo. Antes de mexer no ambiente, a primeira coisa a fazer é pôr a luva e retirar as bolotas de esterco. Com o ancinho eu levanto a serragem e procuro pela urina, a parte mais escura. Depois arredo a cama seca pra não misturar com a parte mijada. Com a pá eu pego o que não serve mais e jogo fora. Limpo o bebedouro com uma esponja. Despejo, espalho e bato um novo saco de serragem pra ficar nivelado.

Pus um pequeno fardo de feno perto da bica. Seu Ícaro colocou o Fittipaldi de volta na baia e fomos pro quartinho da ração. O negócio precisa tá sempre limpo, sem desculpinha. Na parede ficam as pranchetas com a quantidade de comida pra cada cavalo. Isso varia, é claro, e quem define a variação é o tratador. O tratador é o seu Ícaro. Também tem os banhos.

Nessa hora ele disse que eu não faria tudo sozinho. Tem uma menina lá atrás... e aí vocês vão revezando.

A menina jogava água no cavalo... e nem era menina, já era mulher fazia tempo. Depois de olhar pra cara dela, dou uma conferida na mão. Usa aliança. Mas da minha punheta tu não me escapa, sua sem vergonha. Parou de escovar o animal, se apresentou e explicou a forma correta de banhar o bicho. Uma mangueirada rápida pra água passar pelo sebo e deixar o cavalo úmido. Começa pelas patas pra ele acostumar com a temperatura. Coloca bem pouco shampoo no balde e passa a esponja pro pangaré ficar coberto de espuma. O complicado é limpar embaixo, o animal faz uma careta de quem tá gozando. Lava a cabeça do cavalo e depois escova enquanto mangueira o resto do corpo. É nesse momento que escorre a água cor de merda. Por último passa o rodo no bicho pra tirar o excesso e ele secar mais rápido.

Dia cansativo do caralho. Não fode. Só de me abaixar, minha coluna já peidava de dor. A mulher saiu inteira, sem nenhum gemido, e devia ter o dobro da minha idade. Contou que trabalhava na hípica desde os dezoito e só ia sair depois de quitar o empréstimo com o seu Ícaro. Ela e o marido compraram um terreno e agora tavam construindo a casa. Nos despedimos, a mulher foi pro sul e eu segui o meu caminho pro norte no frio do fim da tarde. Quando peguei uma distância maior, manquei sem pena o pé direito e levantei a poeira do acostamento. O primeiro dia é sempre o mais desgraçado, disse o Buba uma vez. Parei por um momento, joguei fumo na seda, enrolei e acendi o palheiro enquanto via o sol baixar no Monte Verde. Meu corpo tava fudido e a vontade de deitar ali mesmo e ficar era grande. Ao menos consegui um trocado pelo saco de cinco quilos de serragem. Continuei mancando no meu rumo quando um carro buzinou e alguém de dentro gritou: "Mad Max." Conheci a voz. Era o meu irmão e a Denise com o Monza no acostamento do outro lado do asfalto.

"Carona?"

Olhei pra estrada e calculei a velocidade dos carros. Levei em conta o agravante do meu pé fudido e fiquei na incerteza se conseguiria atravessar sem virar hamburguer no meio do caminho. O pneu cantou e o Monza arrancou invadindo a pista. Fez o contorno de uma ferradura no asfalto e parou bem do meu lado. Nem ouvi o que a Denise disse, tudo era só barulho de buzina dos motoristas indignados. Joguei o cigarro fora. Ela abriu a porta, inclinou com o banco pra frente e me joguei atrás. De novo cantou pneu, com um pouco mais de cuidado dessa vez. A ferradura agora era um círculo no asfalto. A hípica não é longe de casa, menos de um quilômetro, mas pro meu pé espinafrado, a carona foi a salvação do dia.

O carro parou no terreno e Denise foi correndo pra casa dela. Fiquei sem entender. Devia tá apurada pra dar um mijão ou algo assim. Tobias aproveitou a porta aberta e pulou no meu colo.

"Aconteceu alguma coisa?" eu quis saber.

Desligou o carro e jogou a cabeça pra trás como se quisesse descansar.

"E a guria do 145?" perguntou.

"Quando o pai chegar, vou pegar o cartão com ele e ligar pra ela."

"Sobre o que vocês conversam?"

"Só tolice. Falou que comprou um caderno do Vavá."

"Quem?"

"É um desses pagodeiros do caralho."

"Que merda, hein? E como ela é?"

"Não sei, nunca vi. Mas qualquer coisa, eu meto uma sacola de pão na cara dela. O importante é ter buceta."

"Não diz isso. Não é legal. Pode ser que a guria não seja aquilo tudo, mas seja uma mina massa."

De vez em quando meu irmão fala como se fosse a nossa falecida mãe. Na real, passo a noite na punheta só pensando em mim e na Aninha juntos, e eu nem sei como é a cara da desgraçada. A gente anda de mãos dadas no shopping, surge uma briga por um motivo tolo, eu grito o quanto amo ela. Bryan Ferry canta Slave to Love. As famílias gordas ao redor aplaudem. Eu agarro o rosto dela e nos beijamos como se fosse a última vez. Vamos pro quarto, a gente faz amor e depois se casa. Aí a fita K7 enrosca, a música para e eu tô sem caneta. Ninguém conta essa parte. Pau no meu cu.

"E como eu vou saber se é uma guria massa antes de ver ela?"

Ficou um tempo em silêncio como se tentasse buscar uma resposta.

"Usa a técnica do gatinho. Não vai garantir, mas vai te dar uma ideia."

Tirou uma revistinha de violão do porta-luvas. Saímos do carro e entramos em casa enquanto ele explicava a técnica. A Velha Coroca nos olhava pelo canto da cortina da janela. Perguntei pro meu irmão se ele tinha medo dela, o bicho nem deu moral. Tirei uma lasanha pronta do congelador e coloquei pra esquentar no micro-ondas. Tobias balançou o rabo quando viu, ele adora comer besteirinha. Meu irmão foi pro meu quarto e depois voltou com o violão.

"Porra. Tua cama tá numa catinga de punheta. Essa merda ainda vai te dar um câncer no pau."

Sentei no sofá da sala e coloquei a viola no colo. Tobias veio bater com a pata nas cordas, o vagabundo sempre faz isso. Meu irmão abriu a revista e mostrou uma música do Skank. Porra, essas bandas de hoje é coisa pra comedor de Polenguinho ouvir.

"E essa aqui tem pestana." disse eu.

"A melodia é mais lenta. Tu vai conseguir."

"Esse Fm eu nunca vi."

"Essa porra não é rádio, não. É fá menor que chama."

Demorei pra posicionar os dedos. Quando palhetei, saiu um som seco e sem vida. Não tinha vibração.

"Tenta palhetar mais em cima e aperta o indicador com força. Quanto mais apertar, mais limpo o som vai sair. Não se preocupa que isso é com o tempo. Depois que criar calo, tu não vai sentir mais essa dor."

Alguém bateu na porta e ele foi atender. Era a Denise. Foquei no acorde e na sequência antes do fá menor. A minha palhetada ainda era feia e insegura pra caralho. De vez em quando dá vontade de quebrar o violão na parede, porque todo mundo consegue tocar essa merda, menos eu.

O micro-ondas apitou. Deixei a viola no canto e levantei pra pegar a lasanha. Ouvi o barulho do carro. Estranho, meu irmão costuma ficar mais tempo antes de voltar do intervalo. Bom, melhor pra mim, agora posso comer um pedaço maior.

Fui mancando pro quarto. Eu queria tomar um banho primeiro pra depois jogar Super Metroid, mas tava perto da hora do meu pai chegar, então aproveitei o tempo e coloquei o Gangbang Girl 17. O filme já começa com os caras esculachando na cara. A minha preferida é a Chloe Nicole. Eu chamo ela de Clô. Ela deixa. Ela gosta. Ela é um amor. Deito na cama e coloco o pau pra fora. Eu tô fedendo a cavalo e não posso deixar pra depois, não existe privacidade aqui em casa. Meu quarto não tem porta. Em vez disso é só uma cortina velha pra separar os outros das minhas gozadas.

O Buba ainda tava terminando a casa quando pôs pra alugar. Faltou colocar a porta no meu quarto, mas minha mãe não via necessidade. E ficou por isso mesmo.

Várias vezes ela entrava de repente, perguntava se tava tudo bem e aproximava pra ver o que eu assistia na televisão. Isso sempre interrompia as minhas punhetas, fora o risco de ser pego, porque tinha todo um processo de levantar as calças, puxar a tomada do videocassete e mudar o canal da TV. Tudo em questão de segundos. Como a casa é de madeira, eu sabia quando alguém aproximava por causa da direção do som dos passos.

Eu tinha onze anos. Minha mãe me levou na psicóloga do SUS. Lembro de olhar o Senna nas capas das revistas da mesa. Foi um ano estranho de tristeza e felicidade. A psicóloga me chamou, eu entrei e sentei na poltrona. Perguntou o motivo de eu tá ali. "Não sei", respondi, pois eu não sabia mesmo. Chamou minha mãe e aí descobri, era por eu não conversar com ninguém. Porra, eu simplesmente não falava nada porque não tinha nada pra dizer. Só isso. Minha mãe deixou a sala, a psicóloga disse mais algumas coisas que não lembro e terminou com: "Já pensou se todos no mundo fossem iguais a você?".

Gostei. Foi massa ela ter dito aquilo. Mas quando entrei no elevador, pensei em mim. Sempre fui viciado em punheta, comecei aos nove anos. Na época só saía aguinha de arroz. Levei a frase da psicóloga em consideração. Pronto. Imaginei todas as pessoas do mundo tocando punheta enquanto faziam coisas do cotidiano. Esquenta um presunto na chapa e toca punheta. Passa o troco com uma mão e toca uma punhetinha com a outra. Algema o bandido com a esquerda e toca uma com a direita...

Ouvi a porta de casa abrir e o barulho de sacola em seguida. Era meu pai. Chegou quando eu desligava o videocassete. Fui ver as compras. Só peixe.

"Teu irmão não tá em casa?"

"Veio, mas logo foi embora."

Depois que matei minha mãe, meu pai e eu não nos falamos tanto. Na real, quando ela se foi, levou um monte de coisa junto. Não sei explicar direito, tem sempre um muro entre eu e ele. O último abraço foi no dia do enterro e isso já faz dois anos e pouco. Não faço questão nem nada, mas incomoda pra caralho essa coisa morta que fica em quem tá vivo. Meu pai e minha mãe se amavam bastante, sabe. De verdade mesmo. Não era o lance de se amar só quando tá feliz. Eu podia falar de vários momentos deles, mas não vou vomitar tudo agora, porque senão acabo esquecendo das outras coisas pra dizer. Sem brincadeira, o bicho emagreceu uns dez quilos nos últimos dois anos. O maluco agora é só pele e bigode. Eu quase não vejo mais ele, porque pegou um segundo trampo depois da tragédia. Um dia ele trabalha doze horas de vigia no hospital, no outro, trabalha doze fazendo a segurança num desses prédios de resolver papelada. Faz mais de um ano que não pega folga. E pra piorar, o maluco tá vendendo as férias. Eu sei o motivo. Meu pai tá guardando dinheiro pra gente ir morar num lugar melhor. A real mesmo é que minha mãe morreu e ele se enterrou junto. Mas é isso. A vida é como é porque as coisas são como são.

"Podes emprestar o cartão telefônico?" pedi.

"Que cheiro é esse?"

Abriu a carteira e entregou o cartão.

"É da lasanha."

"Não, não esse cheiro."

Olhei pra trás. A murrinha de punheta deve ter vazado do quarto.

"Vou dar um banho no cachorro amanhã pra ver se passa."

"Não faz isso. Tá muito frio."

Fui com o Tobias pra rua.

Perceberam? O bicho nem perguntou como fui no primeiro dia de trampo.

Chegamos no telefone do lado do ponto de ônibus, poucos metros depois de entrar na rodovia. A Aninha atendeu rápido.

"Oi, querido. Nossa, tava pensando em ti agora."

Deve ser o frio. A gente se apaixona fácil no frio.

"Pensando no quê?"

"Tava vendo um comercial daquele cara que vende móveis e pensei que tu podia ser parecido com ele."

"Não muito." nem sei quem é o catinguento "Eu sempre te imaginei parecida com a guria da Malhação. Uma de óculos. A loirinha. Sabe?"

"Ah, não. Ela é bem mais bonita."

Dei um tapa nas teclas. Até o Tobias se assustou com a força.

"Desculpa, meu gatinho pulou no telefone."

"Ai, que querido. Eu amo gatos. Eles são bem assim mesmo, pulam em tudo."

Se a vida fosse um desenho animado, a essa hora o Tobias tava pedindo carona pra qualquer canto longe de mim.

"Queres ir comigo num lugar?" perguntou.

"Claro."

"Mas tu nem sabe pra onde é."

O cara apaixonado faz coisa, minha filha.

"Vai ter show do Negritude. Topas?"

"Não é muito a minha praia, mas vamos nessa."

"Não curtes um pagodinho?"

"Putz. Pagode é foda."

"Negritude é massa."

"Tem muita gente na banda pra pouco som."

"Ah, é que ele gosta de ajudar as pessoas."

Vou guardar créditos pro dia seguinte. Falei pra ela que eu precisava fazer a janta, ela me achou querido de novo. Tadinha. Só sei cozinhar ovo e esquentar água pro Nescafé.

Voltei pra casa e fui direto pro banho. Nem eu me aguentava mais. O cheiro de punheta tava extrapolando os limites do quarto. Minha mãe era quem limpava toda a casa, nem deixava eu fazer nada, e se eu tentasse, ela ficava ofendida. No início irritava pra caramba ver minha velha fazer tudo sozinha, mas depois foi ficando confortável. Hoje quem lava a nossa roupa é a Denise, só que nunca fica com o mesmo cheiro.

Esperei meu irmão voltar do mercado pra mim sair do quarto e comer alguma coisa. Quando meu pai tá em casa passa o tempo todo na cama lendo livros de espírito, mas de vez em quando vai pra cozinha pra fazer uma graça. E eu não queria correr o risco de ficar na mesa com ele, então continuei no meu quarto, toquei umas duas punhetas pra Hilda Furacão e só fui jantar no fim da noite, já tonto de fome.

Tive um pesadelo durante a madrugada. Minha mãe mandava o Mudinho dar cinco tiros no peito do Buba. Desde a morte dela, eu só durmo de luz acesa. Tenho medo de despertar no escuro e ver minha mãe em qualquer vulto.

III

Sábado são só quatro horas de trampo na hípica. Fui de manhã, pois é o período de competição. Os bacanas com binóculos mostram os dentes na arquibancada e seus filhos montados nos cavalos esperam a bandeira baixar. Hoje é dia de aprender sobre merda. A mulher tá lá atrás lavando os cavalos e eu tô aqui na cocheira com medo de trabalhar pesado feito ela. Na maioria das vezes os cavalos só tomam banho de tarde, mas quando os bacanas chegam, a gente precisa fazer uma graça. Cê vai me ver falar bastante dos bacanas. Foi o Barão Owl quem deu a letra. Já viu o episódio que ele explica pro pai do Jiraya o motivo de querer o tesouro do século? O mundo desmoralizado, os ricos cada vez mais ricos e os pobres trabalhando duro e morrendo de fome. Ele queria que a Terra fosse um lugar melhor. É meio inocente, eu sei, mas quando criança fazia bastante sentido pra mim.

Seu Ícaro mostrou as fotos tiradas das merdas na baia.

"Os cavalos cagam umas dez vezes por dia." disse ele "Se a merda quebrar depois de bater no chão, então o bicho tá bem. Mas se aparecer marca de sangue, restinho de comida ou tiver muito seca, aí tem que chamar o veterinário".

Perguntei se era papo sério essa parada de manjar dessas coisas só olhando pra bosta.

"Ô... e como. A merda tem muito pra dizer. A gente quando caga, por exemplo..."

E assim eu me tornei um especialista de merda.

Se tu solta um barro e sai sangue, pode ser só uma hemorroida, mas também pode ser úlcera. A merda boa é a pastosa. Se for líquida, aquelas quando o cara mija pelo cu, pode ser infecção intestinal. Não existe merda cheirosa, a gente sabe, mas se ninguém conseguir entrar no banheiro depois de ti é porque tu tá apodrecendo, irmão... é inflamação na certa. Se tiver cagando feito cabrito por muito tempo, chama a família, pois é tumor. Se vai boiar ou afundar, aí vai depender das porcarias que tu anda comendo por aí. Se a merda tiver branca é porque o teu fígado tá indo pra vala, chama a rapaziada e prepara o testamento.

"Aqueles pau no cu ali," apontou pros bacanas "nunca vão entender disso. O negócio deles é pegar tudo pronto e fazer gracinha. Aí vem aqui encher o saco porque o cavalo não ganhou e não sei o que lá. Se me pegam num dia que eu tiver tomado um foguete, eu salpico o cu deles."

Enquanto voltava pra casa, vi uma família de bacanas consolando a filhinha de uns oito anos por não conseguir fazer o cavalo pular a rampa. A criança se jogou no chão e o pai tentou levantar ela, quase levou uma mordida do pequeno demônio.

Cheguei na rua e acenei pro Mudinho e pro Buba. Como sempre, almoçavam na calçada. Tobias ficou na dúvida se vinha comigo ou se encurralava o rato perto da porta. Denise fazia um ensopado de gatanhão quando entrei. É estranho, dependendo da mão que cozinha, até o cheiro do bicho muda.

"Oi, querido. Senta aí, já tá ficando pronto."

"Tô de boa. Daqui a pouco eu como."

É uma guria legal, gosto muito dela e tudo. Só incomoda um pouco esse jeito maternal.

Fui pro quarto, coloquei a TV no mudo e um VHS do De volta para o teu furo. A segunda atriz é uma baita, peito normal, bunda normal e cara de passarinho. Gosto de mulher com cara de panaca e com cara de passarinho. Detesto essas com rostinho de boneca de porcelana. Todo mundo paga pau pra Silvia Saint. Muito perfeitinha, não curto não. Até hoje só toquei uma punheta pra ela e foi pra não fazer desfeita. A cara de passarinho se esforça pra engolir o pau do cara, mas não consegue nem passar da metade. O vagabundo dá um tapão atrás da cabeça dela pra forçar, a coitada engasga e quase vomita. A mina não curtiu a parada, dá pra ver. O otário cospe champanhe no rosto da guria. Ela encosta na mesa e abre bem as pernas. O maluco mete no cu dela com força, nem rola uma cuspidinha ou uma bucetinha antes, já enterra tudo no cu mesmo. A coitada faz uma cara de dor que até tu sente. Depois digita umas coisas no computador pra fazer ele voltar no tempo e comer ela de novo. Na última cena o vagabundo aparece todo confiante, ela coloca um comprimido no champanhe, o maluco capota e acorda algemado na cama com um consolo enterrado no cu e ela mijando na cara dele.

Eu gozo logo no início da cena. Tenho gozado muito rápido nos últimos tempos. Além do crânio esfarelado feito biscoito, tem também a perna direita quebrada da minha mãe. E só não arrancou porque ficou pendurada na pele. O caminhoneiro é o mais apavorado, estica a barba, coloca a mão na cabeça, diz que não foi culpa dele... e eu sei disso, mas não posso dizer. Ele já tá velho, viveu bastante e é feio pra caralho, ninguém vai querer comer o cu dele na cadeia. Já eu, sou muito novo pra perder a liberdade.

Limpei a mão e fui almoçar. Denise lavava a louça. Aproveitei e fui sentar de frente pro meu irmão. Mal me cumprimentou, mal me olhou. Será que brigaram? Estranho. Nunca vi os dois discutirem nesses quatro anos de namoro.

"Tô conseguindo fazer pestana no violão." Tentei quebrar o gelo.

Chupou a perna do gatanhão e levou mais um tempo, até dizer: "É isso aí."

"Vamos tocar depois?"

"Não dá. Vou estudar um pouco ainda."

Coloquei arroz com molho de gatanhão na cumbuca do Tobias e deixei no lado do fogão. Ele devorou tudo rapidinho, nem deve ter tido tempo pra sentir o sabor. Tranquilo. O importante é manter o bucho cheio.

Fui tomar banho e senti uma ardência no pau quando a água do chuveiro desceu. Ele tava esfolado no pescoço.

Mal sabe o coitado que vai trabalhar muito essa noite. Sábado é dia de Cine Privê e Gata Molhada. Daqui não vem ninguém, de lá também não vem... e toma-lhe punheta velha. Quem mostrar os peitinhos primeiro, ganha a recompensa. Jogo um pouco de sabão nele e já sobe o cheiro horrível de peixe podre. Eu tô é fudido. Saí do banho e percebi que tava sozinho em casa. Vesti a jaqueta jeans, pus a touca do Chicago Bulls e abri a janela do quarto pra sair um pouco da murrinha.

Coloquei um K7 do The Dark Side of The Moon pra tocar, preparei quatro palheiros, deitei na cama e acendi um. A fumaça ia ajudar a encobrir a catinga desgraçada. Tobias inventou de subir e deitar do meu lado. Fumei três cigarros enquanto viajava no som. Não sei como caralhos, mas cochilei e o palheiro queimou a orelha dele. O bicho ganiu e pulou da cama. Passei um pano com água pra aliviar a queimadura. Pedi desculpa. Era a única coisa que eu tinha.

Não tava animado pra jogar o Super Nintendo e nem triste pra tirar um sono além do cochilo. Resolvi ligar pra Aninha, ouvir a voz dela ia dar uma animada no coração.

Saí eu e o Tobias de casa. Dona Angélica caminhava em pequenos passos pelo quintal com a Velha Coroca. Deve ser uma parada difícil viver com gente assim. Pra piorar, a desgraçada da velha balançava o vestido pra cima e pra baixo como se abanasse a xoxota.

"Como foi no primeiro dia, Samuel?"

Dei uma resposta café com leite pra ela e continuei meu caminho.

Quase furei o pé no prego ao desviar dos sarrafos pra entrar no galpão. Senti um cheiro bom de madeira serrada.

"Esse buteco já foi menos bagunçado." disse pro Buba.

"Bagunçado vai ficar a tua cara se tu vier de gracinha."

"Gosto de ti, meu chapa, mas o teu problema é que tu é violento demais."

Nem deixou terminar de falar, ligou a serra de bancada e passou a madeira. O Mudinho tava nos fundos parafusando um livreiro bacana. Eu e ele fomos bem amigos durante um ano inteiro, na segunda semana depois que matei minha mãe. O bicho ia lá em casa pra não me deixar sozinho e a gente passava o fim de tarde e a noite inteira jogando Street Fighter, NBA Jam e Mario Kart. Um dia apareceu com uma pequena cômoda que fez e me deu. Nunca mais o videogame ficou no chão, pois era um problema do caralho. Até lembrei agora do dia que o Tobias bateu com o rabo na fita quando eu tava a segundos de fechar o Desert Striker.

No ano seguinte o Mudinho virou evangélico e aí fudeu com a porra toda. Era só trabalho, igreja e casa. Game over.

"Me empresta um cartão, meu chapa?" pedi pro Buba.

"Já falei pra ti não me chamar de meu chapa. Não tenho. Pede pro Leandro, emprestou pro Cobrador esses dias."

Não faz sentido o Mudinho ter cartão telefônico, a gente sabe, mas é aquele negócio do cara querer ser prestativo pra ter amigos. Isso é foda, já vi muito coração de Sonho de Valsa virar o Inspetor Bugiganga da galera.

Cheguei perto e veio apertar minha mão. Tenho um problema em tocar nas pessoas, sempre tive. Meus tios apertavam a minha mão e eu lavava. Minha vó beijava meu rosto e eu lavava. Pra mim não dá não. Uma vez, minha família tava numa festa de aniversário na casa de uma prima, e eu fiquei de boa comendo um bolo de chocolate gostoso pra caralho. De repente, uma velhinha boca murcha veio me beijar no rosto, na hora já senti o molhado. Puta merda, parada nojenta do caralho. Pra piorar, ela virou a cara. Fingi que não tinha entendido. É claro. Aí minha mãe beliscou meu braço e fui obrigado a beijar o rosto da velha. Não coloquei mais a boca no bolo.

Prosa ruim. Nota: 5,2. Evite a dispersão da temática proposta. Está recorrente no primeiro ato.

Aceitei a convenção. Apertei a mão dele e fiz um hang loose na orelha. O bicho entendeu e me emprestou o cartão. Tentou pronunciar algo, mas só balancei a cabeça pra afirmar.

"Alô, Aninha?"

"Guri do céu, só por Deus mesmo. Pensei que não ias me ligar, já tava até me dando um troço."

Eita. A desgraçada se apaixonou mesmo.

"Eu também tava pensando em ti."

"Vem aqui em casa."

O coração disparou e eu travei.

"Tá. Claro... claro. Mas... eu dou uma passada aí e a gente se conhece?"

"Nãaaaao. Dorme aqui."

Caralho. Ainda bem que guardei meu punhado de punheta. Deu uma sensação estranha, uma leveza na perna.

"Vais vim?"

Uma fome sem vontade de comer. Não sei explicar. Comecei a tremer de nervoso.

"Samuel?"

O peito queimava. A respiração ficou difícil. Precisava tomar um banho mais demorado. E se ela fosse chupar meu pau e visse as feridas? Todo mundo foge dessas coisas hoje em dia.

"Ai, meu Deus, não acredito. Samueeeel?"

Levo bebida? Comida? Camisinha? Caralho, eu nem tenho dinheiro pra isso tudo.

"Porra, responde essa mer..."

"Durmo."

"O que foi que aconteceu?"

"Esses telefones são um cocô, vive dando problema. Mas e os teus pais?"

"Ai, querido, tão bem longe. Só voltam na segunda. Vais vim mesmo?"

"Claro. Só me..."

"Entre sete e vinte e sete e meia. Tá bom? Não pode atrasar. Anota o meu endereço."

Eu conhecia o lugar, é a rua do centro espírita que o meu pai frequenta. O edifício dela era o mesmo onde imprimi currículo uma vez num xerox no térreo pra levar no Centro de Apoio ao Estudante. E no fim, nem consegui nenhum estágio, pois eu tava atrasado demais nos estudos.

Voltei pra casa correndo e abri o guarda-roupa. Não tinha nada decente prum primeiro encontro, então fui procurar no quarto do meu irmão. Só camisa preta de banda de rock e o uniforme do trabalho. Não dá pra pegar uma roupa maneira com o Buba, porque ele é bem maior e veste umas coisas meio Clube do Bolinha. Com o meu pai é impossível, o bicho chaveia o quarto. Que merda, cara. Isso não vai dar certo. Vou tentar com o Mudinho. Ele usa moda fóqui evangélica, mas é melhor do que chegar na guria com os meus panos de mendigo.

Um pouco antes de chegar no galpão, vi o Cobrador voltando pra casa. Eu e o Tobias disparamos na direção dele.

"E aí, viadão."

"Só tu pra me salvar."

"Que é que deu?"

Expliquei. O vagabundo tava mais interessado em saber se a Aninha era gostosa do que em me ajudar. Entramos na casa. Dona Angélica me ofereceu um Toddy, neguei e agradeci. Ela ficou brincando com o Tobias na cozinha enquanto adoçava o café da Velha Coroca.

Porra, o quarto do bicho era forrado com foto de mulher pelada.

"Elas não enchem o saco com isso?" apontei pra uma buceta carnuda.

"Minha vó, coitada," bateu na cabeça "o carro tá ligado e não tem ninguém dirigindo. E a minha mãe vai falar o quê? Não sou mais guri pequeno."

Por isso mesmo, seu animal burro do caralho. Quase trinta anos na cara e me faz uma dessas. E pelo jeito que o quarto tava arrumado, com certeza era a mamãe quem limpava tudo. Abriu o guarda-roupa e jogou umas camisas e calças na cama. Cabia dois de mim em cada peça. As mais antigas cabia um e meio. Peguei essas e joguei pras oitavas de final. As floridas e as vermelhas morreram nas quartas. As de crocodilo no peito ficaram pra trás na semifinal. A listrada venceu com dificuldade a camisa de garçom. Calça estilo primeira comunhão pra completar a tragédia. Eu tava parecendo aqueles artistas de TV que aparecem só pra arrecadar dinheiro pra salvar gente fudida.

"Escreve um poema e dá um presente pra ela. Te garanto, vai ser só tabacada na chorona."

"Eu não sei fazer poema. Nem manjo dessas coisas."

"Porra, tu é cabaço mesmo. Não falei pra ti fazer, falei pra ti escrever."

Abriu a última gaveta do guarda-roupa, tirou dois livros e jogou na cama.

"Esse aqui tu vai copiar o poema *Tenho Fome da Tua Boca*. A menininha vai ficar molhadinha e vai te dar a pombinha. Essa rima foi da hora, né? Esse outro aqui, tu dá de presente. Diz que tu comprou na sebo."

"Sebo?"

"O sebo do meu pau. É por isso que tu não come ninguém, não sai de casa, não conhece as coisas, não tem a manha das rua... Parece aqueles viado de apartamento com depressão."

E me explicou o que era.

Na real, eu já sabia, mas pra mim chamava livraria de livros usados. O presente era o livro de uma tal de Zilda alguma coisa.

"E se ela já conhecer o poema?"

"Não vai. Já comi muita vagabunda com isso. A maluca vai ficar toda derretida depois de ler. Aí tu coloca o pau pra fora, bota a camisinha e é só soco na vulva. Agora te arranca, que eu quero ver o jogo."

Puta merda, eu tava escutando os conselhos de um cara que nunca nem vi com mulher nenhuma. Me cobrou setenta e cinco centavos pelo livro.

Fiquei quase uma hora no banho. Passei shampoo de menta no pau, só pra garantir. Isso fez as feridas arderem bastante. Talvez seja melhor eu comprar uma dessas camisinhas com sabor. Se começar a esfolar na hora da foda, o aroma vai matar a catinga.

O tempo passava mais rápido do que eu esperava. Me arrumei com cuidado pra não amassar a roupa e nem sujar me encostando em algum canto. Preciso com urgência me vestir feito gente. Mesmo com esforço, fiquei estranho pra caralho de roupa social e All Star pichado de mancha. Copiei o poema. Não sou muito de escrever, cê já percebeu, mas minha letra é bonita pacas.

Sábado é foda de latão e eu ainda preciso parar no mercado pra comprar as coisas. Só no meu cu mesmo.

O céu tava limpo, não tinha risco de chover nem nada. Mesmo assim tranquei Tobias em casa pra proteger ele do frio. Dona Angélica recolhia a roupa do varal. Avisei pra ela que a Velha Coroca tentava pular a janela da cozinha pra ir pra rua. Meu Deus, gritou a dona, pedindo ajuda ao ver a mamãe toda torta. Segurei firme os braços da Velha Coroca, no fundo eu tava com nojo de tocar naquela pele enrugada fedendo a desinfetante de banheiro. Chamei pelo Cobrador, mas o futebol na televisão tava num volume muito alto. Dona Angélica se esforçou pra abrir a porta de casa sem deixar as roupas recolhidas caírem do ombro. Conseguiu puxar a velha pra dentro.

Voltei pra casa e lavei as mãos. Não tavam sujas nem nada, e cê deve tá me achando um filho da puta por isso, pois um dia também vou envelhecer e todo esse papinho. O meu problema é se toco em alguém ou beijo o rosto, não sossego enquanto não me lavar. E eu já disse isso, então não tem por que ficar me julgando. Até aceito a convenção e tudo, mas prefiro se tiver uma pia por perto, senão fico angustiado.

Olhei as horas no meu relógio do exército. Minha mãe comprou no dia vinte e três de fevereiro de 1996. Lembro da data, porque foi na mesma noite que o barranco caiu na rodovia. Porra, tá foda isso. Juro que agora não vou mais me interromper. Prometo.

Sequei as mãos e peguei meu walkman no quarto. No meio do caminho vou comprar pilhas pra ele.

Bati na casa do Buba e entrei. Tava ele e o Mudinho sentados no sofá da sala terminando de ver o jogo. O Brasil venceu o Chile por 4 a 1. Entreguei o cartão telefônico pro Mudinho.

"Buba, meu chapa, só tu pode me salvar."

"Fala logo."

Levantou e foi levar as latas vazias de cerveja na lixeira da cozinha. Fui atrás.

"Preciso de uma carona até o mercado."

"Vai a pé."

"Mas é longe... e eu preciso tá no centro daqui a pouco."

"Foda-se."

Foi pro banheiro e fechou a porta na minha cara. Fiquei falando enquanto ouvia o barulho de mijo.

"É uma guria. Vou dormir lá... e ela pediu pra mim chegar antes das sete e meia. Tenho que ir no mercado comprar umas coisas pra depois pegar o latão. Não vai dar tempo. Eu preciso de ti."

Deu descarga e ouvi a torneira ser aberta.

"Não é problema meu."

"Por favor. Eu caço uma bacia de gatanhão pra ti."

Abriu a porta e parou na minha frente.

"Uma bacia não dá nem pro cheiro."

"Eu varro o galpão..."

"O Leandro já faz isso."

Segui ele até a cozinha. Pegou um garrafão vazio de vinho e foi pra garagem.

"Eu te dou uma parte do meu salário quando eu receber."

Colocou o garrafão na carroceria da F-100, ligou a picape e ficou um tempo esquentando o motor. Eu tava parado esperando. Torci pro coração do vagabundo amolecer.

"Querias uma carona pra onde mesmo?"

"Pro mercado."

Riscou o fósforo e acendeu um cigarro, deu três tragadas e depois esfregou a mão na testa como se tivesse pensando.

"Porra, por que não falou isso antes? Tô indo pra lá agora comprar vinho. Entra aí, meu chapa."

"Seu pau no cu do caralho."

Gargalhou alto. A gargalhada de um filme de máfia que vi na infância, mas esqueci o nome.

Mal entrei no carona e o bicho saiu da rua cavando. Entrou na rodovia com um pouco mais de cuidado e mesmo assim um motoqueiro levantou a pata ameaçando chutar o retrovisor da picape. Buba só deu um toque no volante e o motoqueiro se peidou todo.

"Quase matasse o cara."

"Pau no cu dele."

Olhei pro painel da picape e me imaginei no volante com um cigarrinho na boca.

"Se eu trabalhar por um ano na hípica, consigo grana pra comprar uma caranga dessas?"

"Não. Mas fica frio, que quando eu morrer, tu fica com a picape e o Leandro fica com o galpão."

Saímos da rodovia e pegamos a rotatória do cemitério.

"Falei com o teu pai, ele tá preocupado. Tá achando que vais largar a escola pra ficar lavando pau de cavalo."

"Tô pensando em fazer isso mesmo. Mas eu só limpo a baia."

"Tens merda na cabeça, né? Vai estudar, rapaz. Faz que nem o teu irmão. Sem estudo, o cara não é nada."

"Depois eu penso nisso."

"Tô falando sério, porra. Queres passar o resto da vida trabalhando pros outros?"

"Vou fazer supletivo ano que vem pra terminar a sétima e a oitava. Depois faço mais outro pra terminar o ensino médio."

"E depois?"

"Não sei," peguei um cigarro no porta-luvas "eu tô de boa, na real. Não preciso de muito, não. Já tenho tudo."

"Tudo o quê?"

"Meu relógio do exército," contei nos dedos "meu Super Nintendo, o skate, meus pornôs, meu irmão, o violão e o Tobias. O resto tá de boas. Esse é o plano."

"Conversar com guri pequeno é uma merda mesmo."

Eu queria irritar, por isso falei aquilo. Mas eu não tinha mesmo nenhum plano de futuro melhor, construir algo, conquistas e todas essas coisas.

"Meu pai nem fala direito comigo."

"Ele fala comigo e eu falo contigo, então escuta. Eu sei que na tua idade a gente fica nessa de não ouvir ninguém. Eu já fui assim, teu pai também, e pode crê que com o tempo tudo fica mais pesado. Teu pai não fala direito contigo porque ele tá sempre trabalhando..."

"Ele podia escolher trabalhar menos. Então..."

"Escolher? Porra. Escolher? Maluco, teu pai não escolheu, ele foi na necessidade por vocês. Tu acha que ele tá feliz por não ter tempo? Começa a dar mais valor. Não sabes a falta que o teu pai vai fazer quando morrer."

"Eu sei da minha mãe."

Ouvi ele respirar fundo. Tragou o cigarro até o filtro e depois jogou num copo perto da marcha. Passamos pelo viaduto e entramos na parte de dentro do bairro.

"Briguei com o meu pai antes dele ir pro trabalho." Disse Buba "Briga tola de adolescente matuto. Passou o dia todo marretando pedra. Quando tava voltando de bicicleta pra casa, o coração parou e ele caiu. Ninguém ajudou, porque achavam que tava bêbado. Meu pai era evangélico, só bebia água e café."

"E por que esses pau no cu acharam que ele tava bêbado?"

Balançou a cabeça como se tivesse perdido um pênalti.

"Samuca, olha pra minha cara. Olha bem pra minha cara. Que cor ela tem?"

Estacionou a picape atrás do mercado. Fechou a porta com força e pegou o garrafão

"Tu sabe por que tem dias que o teu pai chega em casa mais tarde?" perguntou querendo responder.

"Sei. Ele fica tentando conversar com a minha mãe. Ouvi quando ele pediu pro meu irmão ir com ele no centro espírita."

Entramos no mercado e foi cada um pro seu canto. O lugar tava abafado. Adiantei em pegar uma garrafa de vinho tinto suave e um pacote de salgadinho. Meu irmão colocava preço nos cafés e fui até ele.

"Tens dinheiro suficiente pro que tu precisa?" perguntou.

"Vai faltar pro cigarro."

Parou a função, abriu a carteira e me deu cinco pila.

"Compra camisinha também. Vou pro intervalo agora. Depois aparece na praça pra gente trocar uma ideia."

Procurei pelo caixa da Denise. Ela sorria quando entrei na fila. Era como se fosse a extensão de uma alegria anterior.

"Oi, cunhadinho."

Fingi mostrar a identidade e ela fingiu que conferia. Sempre consigo comprar o cigarro de boa em qualquer lugar, mas chega na bebida, o pessoal embaça. Peguei pilhas no estande, olhei pros lados e peguei também duas camisinhas e coloquei na esteira do caixa. Denise conseguiu fazer desconto de quinze centavos sem eu pedir. Minha mãe era craque nisso, eu sempre passava vergonha quando tava com ela. Chorava por desconto em qualquer lojinha, pedia brinde e coisas do tipo.

Meu irmão circulava os classificados sentado no banco da praça em frente ao mercado, mas fechou o jornal quando sentei.

"Conseguisse comprar tudo?"

"Sim, até sobrou. Queres o troco?"

Um vento forte balançou as folhas das árvores.

"Não precisa. Como é que tá lá na hípica?"

"Tá massa. Tô aprendendo bastante coisa."

"O Buba falou que tás indo ver uma guria. É a do 145?"

"Isso. Vai ser só soco na vulva."

"Para com essa merda."

"Tô ligado. E o show de amanhã?"

Não respondeu. Só jogou a cabeça pra trás, como da outra vez lá no carro. Olhou pro morro.

"As coisas não estão bem."

"Que foi que aconteceu?" perguntei.

Vi o ônibus descendo o morro. Vou ter quase três minutos até pegar ele.

"O Buba veio falar comigo agora há pouco. Vais largar a escola?"

"Fofoqueiro pra caralho. Eu tava pensando em fazer um supletivo. Vai dar na mesma e ainda saio um ano mais cedo que o resto dos otários. Mas eu vou indo nessa. O latão já vai passar."

Olhou de novo pro morro.

"Tu não chorou quando a nossa mãe morreu."

"Quê?"

"Não deixa de usar camisinha. Tá todo mundo ficando doente, tá todo mundo embuchando."

"Tá. Pode deixar."

"Eu disse que tu não chorou quando a nossa mãe morreu."

Cachorros corriam atrás de um Fusca.

"Mas por que tu tá falando isso agora? Já faz tempo, pô."

"Dois anos… e até hoje eu não te vi chorar."

"Acho que cada um age de um jeito, né?"

O ônibus terminou de descer o morro. Levantei.

"Sabes por que a mãe não quis colocar porta no teu quarto?"

Vi entrar na rua da praça.

"Irmão, eu preciso ir, é sério."

"Sabes?"

"A gente se fala mais tarde, pode ser?"

Ele não respondeu. Corri, atravessei e peguei o ônibus em cima do laço. Eu queria mesmo saber sobre o lance da porta, mas não podia perder o latão.

Ninguém entende de verdade o que sinto. Ninguém sabe das coisas que passei. Jamais pude falar, com medo de não ser compreendido.

Logo depois de ver minha mãe morta, voltei pra casa e terminei de lavar a louça que ela deixou. Eu nunca tinha lavado uma porra duma louça na vida. Em nenhum momento ela permitiu que alguém fizesse o trabalho dela. Fechei a torneira e a água desceu toda pelo ralo. Era como se algo dentro de mim fosse embora e ficasse um vazio. Só eu conheço e sinto a implosão. Desde que apareceu, nunca mais se foi. Nunca mais. Eu me bloqueio pra essa tristeza profunda não me pegar, mas não sou forte pra isso, é quando caio na real que matei minha mãe. Vem e vai rápido e me quebra por um dia ou dois.

Garoava no centro da cidade. Entrei na rua da Aninha e ouvi uma música de fundo, um som instrumental bem calmo. Continuei o caminho e percebi ser do centro espírita que o meu pai frequenta. Parei na frente da porta, estiquei o pescoção e tentei procurar pelo meu velho. Não tava no meio da cabeçada... ou pelo menos não vi.

Cheguei no edifício era sete e vinte e dois. Cumprimentei o porteiro e falei aonde eu tava indo. Pediu pra esperar e interfonou pra ela, ouviu, acenou pra mim e entrei no elevador.

Tava uma escuridão do caralho quando cheguei no oitavo andar. Coloquei os pés pra fora e as luzes acenderam. Encontrei o número do apartamento, mas não apertei a campainha. Não tava conseguindo respirar direito.

Por que meu irmão veio com o papo de eu não ter chorado? O bicho não vive comigo o dia todo pra dizer uma parada dessas.

A filha da puta tava vindo, queria me derrubar aos poucos. Surge na pior hora. É sempre quando eu tô triste. Essa maldita tristeza me faz querer dormir e nunca mais acordar.

Apertei a campainha. Ouvi os passos de salto alto. A porta abriu e o mundo fez coro. Usava uma saia amarela bem curta e uma blusa dessas de carnaval. Falou o meu nome, abriu um sorriso e pulou nos meus braços feito um bicho-preguiça. Não tenho muito jeito pra essas coisas, cê sabe, mas aceitei a convenção.

"Entra." disse ela "Nossa, fiquei com medo de tu chegar atrasado."

Parecia mesmo a guria da Malhação.

"Comprei uns cigarros e um vinho."

"Ah, que legal."

Sentei no sofá da sala. Rolava um sertanejo no micro system, uma música sobre o coração parar sem ter razão. Foi sentar do outro lado, ficando um acento vago entre nós.

Retirei o poema do bolso e entreguei. Que viagem, era pra ter trocado uma ideia primeiro.

"Nossa, tás com frio?" perguntou "Tás tremendo todo."

"Tô? Nem percebi."

É de nervoso, minha filha.

Desdobrou o papel e foi ler o poema. Fez uma cara de quem não tava entendendo muito bem as palavras. Depois de um tempo largou na mesa de vidro ao lado e sorriu.

"Nossa, bem bonito."

Não fode. Bonito é a cabeça do meu pau. Nem deu tempo de ler tudo, sua mentirosa do caralho. Já não gostei.

"Trouxe isso aqui também."

Retirei o livro da sacola e ela inclinou pra pegar. Foi quando vi a calcinha branca. Deu uma olhada rápida na capa e jogou também na mesa. Tirei o vinho da sacola e coloquei no meu colo.

"Vamos esperar mais um pouco," disse ela "depois a gente bebe."

"Claro. Sem problema."

Ficou muda por um tempo mexendo nas mãos. Pensei em dizer algo pra quebrar o gelo... e ao abrir a boca, a campainha tocou. Deu um pulo, toda animadinha pra abrir a porta. Achei estranho o porteiro não interfonar nem nada, mas o bagulho espinafrou de vez quando ouvi uma voz de macho.

E essa é a história do garoto que saiu de casa pra perder o cabaço e virou oferenda de ritual.

Voltou acompanhada de um cara um pouco mais velho. Os dois aproximaram e me apresentou o vagabundo.

Tinha nome de gerente de supermercado: Júlio, Jucélio, Jucimar... era alguma porra assim. O maluco sentou num canto mais distante do sofá. Ela pegou na minha mão e colou a coxa quase no meu colo. Me senti grande, mas fiquei naquelas. O goiabão esticou o pescoço pra ver o nome do livro na mesa e fez um sorrisinho sem mostrar a canjica.

"Legal. É tu que tá lendo?" perguntou pra ela.

"Sim. Ele me deu de presente, né?"

"Isso."

"Pooorra. A Zíbia Gasparetto é foda, né, cara? Gosto muito." disse o Jucélio "É a nossa Agatha Christie brasileira."

"Ele fez um poema pra mim. Olha." Entregou pro vagabundo.

O gerente tentou prender o riso antes de pegar a folha.

"Tu é poeta? Posso ler?"

"Claro."

Seu merda.

Ele queria me humilhar. Começou com os versos em voz baixa, mas aí parou de repente e largou o poema no chão.

"Eu amo essa música."

Era um sucesso sertanejo, algo sobre o amor ser um mar de rosas e lágrima que cai. Não vinha da rádio, era CD mesmo. Essa filha da puta deixou foi tudo programado.

Sabe quando tu janta de boa e sente falta do tempero? Pois é, eu era o colorau dessa porra toda. Não se vestiu pra mim, não preparou a música pra mim, não quis nem saber do meu poema. Era tudo pro vagabundo do gerente de mercado.

Os dois levantaram e começaram a dançar juntinhos, aí ela parou na minha direção.

"Consegue um cigarro?" pediu pra mim.

Olhei bem pra fuça dela, não tinha cara de panaca e nem de passarinho, ela tinha cara era de merda. Puxou a garrafa da minha mão e foram pra cozinha. Então era isso, eu tava ali só pra colocar ciúme. Talvez até quisesse ficar comigo lá no início, quando a gente se falava pelo telefone, mas aí os dois acabaram se entendendo nesse meio tempo e a pistoleira resolveu me usar de lenha pra acender o fogo da paixão.

Que pessoas são essas que tem prazer em desgraçar a vida dos outros? Esse tipo precisa nascer morto pro bem do mundo. Na moral. A existência deles é um erro da natureza. Quanta gente boa fica mal da cabeça só pra esses vermes rirem um pouco? São seres rastejantes causando estrago na terra. Eu conheço o tipo, faz de tudo pra te conquistar, até tu cair na rede, depois te deixa pra ficar com o maioral e tu vai ser só o amigo querido. Aí o maioral engravida a vagabunda, eles se juntam num barraco de merda, mas ela tá feliz, porque vai constituir família. O maioral se fudeu e sabe disso, fica nervoso, vem um xingamento. Tudo bem, deve ser difícil pra ele ter de passar por tudo isso. A guria rateia e leva o primeiro tapa, logo depois vem o segundo e daqui a pouco ela vai ter medo dela mesma em vacilar e o bambu roncar nas costas. Mas a piranha fica onde tá, porque sabe que foi Deus quem colocou ela no caminho pra fazer dele um homem melhor. E com o tempo, a guria descobre que o maioral é só mais um fudido fazendo graça. É tarde. Ela vai aparecer com a teta cheia de leite pro amigo querido, fala dos velhos tempos, tenta usar do sentimental pra escorar e passar o resto da vida no lodo da existência medíocre. Mas o amigão aqui já sacou a parada e é agora que eu entro.

Sou o cara que desenha o paraíso nos panfletos de Jeová.

A polícia vai aparecer e vão ter a cara de pau de me prender. O repórter retardado do caralho vai perguntar o motivo de eu ter feito o que fiz e eu só respondo que a vida é como é porque as coisas são como são.

Aproveitei a ida deles pra cozinha, acendi o isqueiro e encostei no braço do sofá. O fogo começou pequeno e foi crescendo. Depois fui pras cortinas, aqui a chama fez miséria. Lá da cozinha, Jucélio pergunta pelo cheiro de queimado. Eu caminho rápido, ergo a mesa de vidro e espero o vagabundo aparecer. O maluco mal entra na sala quando espatifo na cara dele. O filho da puta deu um berro e caiu com as mãos nos olhos. Ela apressa pra ver a porra toda. Eu pego um pedaço grande de vidro, espero a filha da puta aparecer e enterro no pescoço dela. Tenta cobrir pra impedir o sangue de vazar... é tarde, começa a tropeçar feito bêbada e cai no chão. Não me preocupo mais com ela, a natureza cuida. Arranco o pé da mesa de vidro e começo a bater com força nos braços do Jucélio. Ele grita que nem suíno, e eu não paro de bater. Tenta se defender, mas os ossos vão se quebrando. A fumaça começa a tomar conta, o fogo só aumenta. Procuro pelo meu poema e encontro jogado no chão perto da estante. Amasso em bolinha. Jucélio levanta com o bracinho de macaco mole, os olhos dele sangram. Parece as estátuas de santas da televisão. Eu dou uma banda, o vagabundo cai de cabeça no piso e apaga num estrondo. Cabeçudo do caralho. Abro a boca de merda dele e enfio o meu poema até trancar na goela. O bicho acorda já se sufocando. Fecho a boca e o nariz dele com as minhas duas mãos. Agora vai respirar pelo buraco do cu, seu filho da puta. Ele se contorce, tenta sair, mas com os braços quebrados o vagabundo parece uma tartaruguinha de casco virado pro chão. A boca faz uns movimentos como se peidasse ar e aos poucos diminui o ritmo, perde força e vai pro vinagre. A fumaça me sufoca, eu olho ao redor e a porra toda do apartamento queima. Minha vista arde. Então vamos lá. Eu corro pela sala, passo por uma cortina em chamas e olho pra trás. A vagabunda queima. A vagabunda queima. A vagabunda quei...

Prosa ruim. Nota: 0,0. Não houve procedimento da correção ao constatar discurso de ódio. Refaça seu texto.

P.S. Esqueça o Proerd. Procure o CVV. Ligue 188.

"Hei." Ela estala os dedos na minha frente "Consegue um cigarro?"

Peguei um do maço e tentei acender pra ela, mas tirou da minha mão. Riscou, jogou o isqueiro no sofá e foi de mãos dadas com o Jucélio pra cozinha. Levantei pra ir embora. Coloquei a garrafa de vinho na sacola e deixei o poema no chão, não era meu. Nunca foi. O livro da Zíbia também, eu não ia ler e não queria levar pra casa. Seria só mais uma porcaria pro meu pai afundar a cara.

Coloquei a mão no bolso da calça pra conferir as coisas e senti a camisinha. Era pra ser uma noite foda. Tô com quase dezesseis anos e ainda não comi uma buceta, não consegui uma namorada.

Eu ia pedir pra usar o banheiro, mas vi três portas ao redor da sala, uma tava mais isolada. Deve ser essa. Que se foda, vou entrar assim mesmo. O lugar cheirava a banho recente e o espelho tava embaçado. Girei a chave na porta e tranquei. Tinha umas roupas no cesto do lado da pia. Nem precisei revirar pra encontrar uma calcinha azul na cara do gol. Peguei e encostei no nariz. Que merda, tinha cheiro de flor. Mas tudo certo. Coloquei o pau pra fora e cobri a cabeça com a calcinha. O cheiro de cu e rosas me deixou de pau duro. Abri a embalagem do preservativo. Mesmo sendo um punheteiro maldito, era a primeira vez que eu colocava uma camisinha no meu pau. Toquei rápido. Era uma sensação estranha, não tinha tanta sensibilidade.

Cê sabe, tô condenado a sempre ver minha mãe esparramada pelo asfalto. Tinha um talho na bexiga dela e deixou um forte cheiro de mijo fresco. Gozei e ponto final. Tirei a camisinha, amarrei e coloquei em cima da pia. Peguei a garrafa de vinho na sala. Eles se beijavam na cozinha quando bati a porta.

Desci do ônibus ao chegar no ponto final do bairro. Enquanto esperava o momento certo pra atravessar a rodovia, vi meu irmão entrar na rua com um galão de gasolina e sumir aos poucos na escuridão. Meu corpo tremia de frio e de tristeza, mas lutei contra, porque eu precisava ficar bem, pelo menos até atravessar a estrada.

Meu irmão tava parado próximo da janela do meu quarto e olhava pra casa da Denise... Espera. Tô falando sobre a minha história, então preciso ser verdadeiro. Enquanto voltava de ônibus pra casa, eu tava ouvindo minha fita do Super Parada Globo de Ouro no walkman e veio várias lembranças da minha mãe, coisas que não vou colocar aqui pra mim não ficar mal agora, nesse momento em que escrevo. Eu tenho umas atitudes bem aleatórias. Quem não me conhece direito pode até me chamar de maluco e coisa e tal, não me importo com isso. Fábio Junior cantava Felicidade quando atravessei a rodovia de olhos fechados. Sei que foi uma loucura do caralho pra mim ter que colocar aqui, sei que no fim isso pode ser prosa ruim pra influenciar alguém a fazer o mesmo, mas foi o que aconteceu, então não posso ignorar. Nem minha psicóloga. Ah, e a música também foi aleatória, então nem perde teu tempo tentando fazer alguma análise profunda sobre isso. Se eu demorasse mais um pouquinho pra atravessar, seria Nenhum de Nós cantando Camila, Camila.

Meu irmão tava parado próximo da janela do meu quarto e olhava pra casa da Denise. Percebi que tentou cobrir com a perna pra mim não ver o galão de gasolina no chão.

“Tudo certo?” perguntou.

“De boa.”

"Tô esperando a Denise."

Me acompanhou com os olhos até eu entrar em casa. Não queria papo com ele e nem com ninguém, só fui direto pro quarto. Acendi um cigarro. Tobias veio lamber meu rosto ao me sentar na cama. Peguei um best of do Air Supply e tocou Lonely Is The Night. Eu não tava mal por ter sido rejeitado. Foda-se. O meu problema maior é saber que esse parasita escondido dentro de mim sempre sai pra me torturar quando não tô bem. Tomei a garrafa de vinho em quatro goles. A fumaça do cigarro infestou o quarto. Foda-se também meu pai, não vou abrir a janela toda vez que for fumar. Liguei a TV e mudei de canal, tava na hora do Cine Privê, mas na moral, eu nem queria isso. A implosão fica mais forte e eu preciso fugir. Agonizo num labirinto infinito.

Acordei com a mão no pau. Minha boca ficou seca por causa do vinho e a cueca tava babada de porra. Levantei com a implosão ainda latejando e um coração batendo no meu ouvido. O canal ficou fora do ar com as cores formando um arco íris. Olhei no meu relógio, era quase quatro da manhã. Foi um pesadelo o que me despertou. Eu tava preso numa cela onde as paredes eram feitas de dedos indicadores e a única coisa na minha frente era uma grade cravada na terra até perder na escuridão. Eu gritava por uma pessoa, mas não lembro quem. Não era minha mãe. Ao menos isso.

Desliguei a TV e ouvi o motor do carro do meu irmão ser ligado. Abri a janela pra conferir, podia ser algum ladrão filho da puta. O Monza deu a ré e saiu da garagem, ficou parado por um tempo e aproximou devagar, até parar na frente da minha janela. Tava escuro e não acendeu a luz no teto do carro, mas dava pra ver que era ele, pois o quarto iluminava uma parte lá fora. Me olhou como se quisesse dizer algo. Eu, pelo menos, não tinha nada pra dizer, então só acenei, fechei a janela e capotei de novo.

IV

Acordei com o Tobias resmungando. Ele faz isso toda vez que precisa mijar ou cagar e não aguenta mais ficar esperando. Caralho, eu tava podre. Era como se minha cabeça tivesse passado a noite toda fritando na chapa. Isso que foi só uma garrafa de vinho.

Abri a porta de casa e Tobias correu pra rua. Ouvi a dona Angélica me chamar, tava toda encolhida de frio com o rosto pálido e a boca um pouco aberta. Acenou pra mim esperar e deixou a varanda da casa trazendo a Velha Coroca pelas mãos.

"Samuel, a minha filha não dormiu em casa hoje. Ela passou a noite aqui?"

"Não sei. Acordei agora. Ontem eu só cheguei e já fui pro quarto."

"O mercado ligou e disse que ela não foi trabalhar."

Olhei no relógio. Era quase duas horas. Não gosto de acordar tão tarde assim, fico ruim o resto do dia.

"Onde tá o teu irmão?"

"Acho que hoje é o domingo de folga dele. Eles devem tá dormindo. Vou olhar aqui."

Virei as costas e deixei elas ali enquanto eu caminhava pro quarto do meu irmão. Ouvi a dona falar algo, mas não entendi na hora. Bati na porta duas vezes e ninguém respondeu, então resolvi puxar a maçaneta e abrir. Tava só a cama e o guarda-roupa. Sumiu a TV, o videocassete, o ventilador, o aparelho de som e as caixas. A guitarra e o amplificador também sumiram. A dona entrou em casa e se aproximou com a Velha Coroca. Olhei pra elas e olhei de novo pro quarto.

"Eu disse que o carro do teu irmão não tá na garagem."

Aí lembrei dele sair com o Monza no meio da madrugada, mas não conseguia buscar na memória os detalhes. Entrei no quarto dele e abri o guarda-roupa. Só papelada. Nada de fitas ou discos, e ele tinha muitos. Olhei nas gavetas, as camisas e as calças também tinham sumido.

"O quarto do teu irmão é assim?"

"Não."

"Ai, meu Deus." Colocou a mão no coração "Eles fugiram."

"A senhora viu o quarto da Denise?"

"Não. Ela deixa trancado."

"O filho da senhora tá em casa?"

"Tá trabalhando."

"Olha só, eu acordei agora, só vou aqui no banheiro e já volto pra gente ver isso, tá bom?"

"Tudo bem. Eu espero."

Meu mijo tava alaranjado. Lavei o rosto e fui pro quarto. Peguei a roupa do Cobrador e o livro de poemas e devolvi pra dona Angélica.

"Vou ligar pro meu pai. Acho que não tenho muito que fazer."

"Tá bom. Tu falou com o teu irmão ontem?"

"Falei, mas... não foi quase nada. A senhora consegue abrir o quarto dela?"

"Não tenho a chave."

"Tá. Eu vou ligar então pra ele, pra vê o que pode fazer."

"Liga lá de casa."

Comecei a discar os números da agenda, mas nem cheguei a completar, fui impedido por um mata-leão que levei na crocodilagem. Meu Deus do céu, gritou a dona Angélica. E logo os braços se soltaram do meu pescoço. Me virei pra entender a parada. A Velha Coroca tentava me pegar feito cachorro na coleira e a dona segurava ela. Pediu desculpas, disse que a mãe nunca foi agressiva com ninguém e tudo mais. A Velha Coroca se acalmou em pouco tempo e foi levada pro quarto. Esperei na linha a atendente do hospital chamar meu pai. Não tinha necessidade desse apavoro todo, talvez fosse só uma questão de esperar mesmo. Mas era pela dona Angélica, a coitada esfregava as mãos nas pernas sentada na cadeira da cozinha.

Ouvi o telefone ser pego e a voz do meu pai falando com alguém. Depois se voltou pra mim.

"Desembucha. Tenho que voltar pra portaria."

"O meu irmão não tá em casa."

"E?"

"Ele sumiu com as coisas do quarto."

"Vendeu?"

"Não sei. A Denise também desapareceu."

"Mas agora não posso fazer nada. Espera, que a hora que eu chegar, eu converso com ele."

Seu animal do caralho. Tu tá surdo, porra? Eles sumiram. Se eu soubesse que meu pai ia virar nesse inútil, eu tinha era fugido de casa quando matei minha mãe. Agora sobrou isso, um pai de merda. Consigo ter mais diálogo com o Mudinho do que com esse bosta. Apertei o gancho e fingi me despedir dele.

"Dona Angélica, o outro vigia faltou hoje e o meu pai tá sozinho. Ele vai ligar pro supervisor pra colocarem alguém no lugar dele pra poder voltar pra casa. Agora é só esperar."

"Me ajuda a abrir o quarto dela?"

Puxei a maçaneta e empurrei a porta, mesmo sabendo estar trancada. Olhei pelo buraco da fechadura e só consegui ver a cortina branca cobrindo a janela.

"Vou precisar arrombar."

Peguei distância e levantei o pé, mas a dona pediu pra mim tentar de outro jeito. Outro jeito? Nunca fiz essas coisas. Não entendo nada disso.

Bati na casa do Buba. A janela tava aberta, só que era alta demais pra mim aparecer. Rolava um rap quase no último volume. Bati de novo e gritei, então o som diminuiu, era a música terminando. Aproveitei e bati mais forte. Ele abriu.

"Preciso da tua ajuda."

"Porra, de novo? Não vou sair de casa hoje não."

"Não é carona."

Sentou no sofá, do lado do som. Vi a capa do CD, era uma cruz com um fundo escuro.

"Que é que deu ontem lá com a guria?"

"Comi. Gozei na cara dela e tudo. Mas é outro lance que eu tinha que ver contigo."

"Ah, perdesse o cabaço então? Qual lance?"

"O meu irmão sumiu e acho que... Abaixa isso, não consigo nem falar direito contigo."

"Isso daqui é obra-prima, rapaz. Isso daqui..."

E começou a viajar num papo de exclusão e preto isso e preto aquilo. Nem dei trela, já conheço a peça. Queria só fazer logo a minha parte e passar a bomba pra outro. Era tolice esse auê todo.

"Preciso que tu me ajude a abrir a porta do quarto da Denise."

"E precisa de mim pra isso? É só abrir."

"Quando eu digo abrir, tô falando em arrombar."

"E por que tu não faz isso?"

"Porque não sei."

"E por que tu acha que eu sei?"

"Tu trabalha com ferramenta e essas coisas..."

Levantou num pulo.

"O que tu quer dizer com 'e essas coisas', rapaz? Tá achando que eu sou bandidão? Eu trabalho com móveis."

Buba desparafusou a fechadura e usou a chave de fenda pra puxar pra cima um ferro dentro dela, depois empurrou pra trás. Pronto. Abriu o quarto. Nada fora do normal. Não sabia dizer pra dona Angélica se era bom ou ruim, eu continuava com a ideia disso ser exagero. O negócio era dar mais um tempo... mas sabe, né, mãe é mãe. A dona colocou a mão na testa e foi deslizando até segurar o queixo. Buba aguentou o ombro dela e deu a ideia de irmos pra delegacia.

"Tens uma foto do teu irmão?" perguntou Buba.

"Não. O quarto tá pelado. Só tem uns papéis."

"Eu tenho aqui." disse dona Angélica.

Pegou um álbum de fotos no armário da sala e colocou na bolsa. Depois escreveu um bilhete e deixou na mesa avisando da ida na delegacia. Fomos exprimidos na picape, inclusive a Velha Coroca, que foi no colo da dona Angélica.

O negócio parecia morto. Era bocejo pra tudo quanto era lado e as salas eram bem pequenas. Entramos num corredor, paramos num gabinete maior e sentamos na frente de um pançudo com cara de fumador de charuto. O maluco nos olhava como fosse socar a mesa. Eu só conseguia prestar atenção num outro cara, o vagabundo digitava com pressa no teclado do computador. É escritor, só pode. Mas aí, quando o pessoal parava de falar, logo depois ele também parava de digitar. O pilantra tava era escrevendo o que a gente falava. Não seria mais fácil então gravar a conversa?

"Por que a senhora acha que eles estão desaparecidos?"

"Ela não dormiu em casa e nem foi pro trabalho."

"Eles tem histórico de entorpecentes?".

"Não."

"Tem passagem?"

"Também não."

"Essa foto é recente?"

"Sim, senhor."

"E o teu irmão?" perguntou pra mim "Quando foi que tu falou com ele pela última vez?"

"Ontem no final da tarde."

"Por quanto tempo?"

"Uns cinco minutos."

"Aonde?"

"Na praça na frente do mercado que ele trabalha. Aquele no começo do Monte Verde."

"E sobre o que conversaram?"

"Nada de grandioso."

"E o que seria nada de grandioso?"

Olhei no meu relógio. A essa hora era pra mim tá em casa batendo uma punheta pra Luizinha da banheira. A sem vergonha se esfregando naqueles pagodeiros do caralho.

"Tá com pressa, filho?"

"Não."

"Então responde, e o que seria nada de grandioso?"

"A gente falou sobre o preço da ração do cachorro."

"Ficaram cinco minutos falando sobre ração?"

"Não. O resto a gente ficou em silêncio."

"Não mente pro tio."

Tomá no teu cu. Tio é o caralho. Não sou guri pequeno. Não fode.

"Posso ir no banheiro?"

"Se tiver acontecendo alguma coisa, pode falar. O tio tá aqui pra ajudar vocês."

Apontou pro corredor. Era tanta sala no meio do caminho que precisei pedir ajuda prum bananão pra chegar aonde eu queria.

Me tranquei na cabine. Tava uma catinga de merda e fumaça. Botei o pau pra fora e toquei rápido. A Luizinha alcança o pagodeiro, mas a parte de cima do biquíni cai. Tenta arrumar e desiste porque precisa segurar o vagabundo. O pau ainda tá mole e eu vou gozar. Vem, mamãe, vem. Deixa eu ver a tua cabeça estourada no asfalto. Ploft. Afogo mais um filho da puta.

Volto pra sala. O Cobrador tava lá sentado na minha cadeira. O escritor aponta pra poltrona do lado, eu aceno pra dizer que tá tudo bem. Ele insiste e volto a ficar de frente pro pançudo.

"A senhora aqui falou que o carro do teu irmão sumiu e as coisas no quarto dele também. Ele fuma maconha, bebe ou cheira coisa estranha?"

"Não."

"E o braço dele? Tem furinho no braço dele?"

"Não. Meu irmão não usa droga. É trabalhador e estuda."

"Tem muito trabalhador e estudante se entupindo, sabia? Que roupa ele vestia quando se viram pela última vez?"

"Não sei. Tava escuro."

"Tu falou agora há pouco que era fim de tarde. Não tinha luz na praça?"

"A última vez que a gente se viu não foi na praça."

"Como assim? Tás mentindo pro tio? Que coisa feia."

"Eu não tô mentindo. O senhor perguntou qual tinha sido a última vez que falei com o meu irmão. Foi na praça. Se o senhor tivesse perguntado quando foi a última vez que vi ele, eu teria dito."

O pançudo esfregou os dedos na vista. Tava perdendo a paciência.

"E quando foi a última vez que tu viu o teu irmão?"

"Eu tava voltando pra casa e ele tava entrando na rua com um galão de gasolina."

"Gasolina?"

"Isso. Acho que foram viajar, mas não tenho certeza. Não perguntei. Eu só queria entrar logo em casa porque tava frio. Depois acordei de madrugada e abri a janela."

"Por que abriu a janela?"

"Porque ouvi o barulho do carro. Podia ser alguém roubando."

"Tá certo."

"Aí parou na frente da minha janela."

"Ele tava sozinho?"

"Não percebi."

"Tinha coisa no carro?"

"Também não percebi."

"Facilita pro tio, vai."

"É que na distância que ele parou, só dava pra ver uma parte de quem tava no volante. E logo depois eu fechei a janela e fui dormir."

O Cobrador pulou em cima de mim e me segurou pelo colarinho.

"Mentiroso do caralho. Foi por isso que tu pediu roupa pra mim..." o pançudo estalou os dedos e vieram uns caras segurar o Cobrador "Não pegasse roupa com o teu irmão, porque ele já tinha sumido com tudo."

O pançudo mandou ele ter calma e sentar. O Cobrador apontou o dedo na minha direção e disse que eu tinha envolvimento, que eu sabia de muita coisa e não sei o que lá. Aí, logo depois fez o papel do carinha se acalmando e todo mundo larga ele aos poucos... e quando tudo tá em paz, volta a me agarrar pelo colarinho.

"Cadê a minha irmã, porra?"

E eu sinto o bafo quente de café, suvaco e ódio saindo dele. As mãos apertam com força a minha camisa. Meus olhos tremem. Não há mais piada e nem conversa sobre bucetinha.

Meu pai chegou era quase oito da noite. Tentei explicar o ocorrido, mas o pau no cu foi falar com o Buba, como se precisasse de um selo de garantia pra qualquer coisa que eu dissesse.

Era pro meu irmão aparecer no fim da noite, mas não aconteceu. Talvez fosse levar mais tempo pra ele e a Denise voltar.

V

Preferi deixar o Tobias dentro de casa até tudo se resolver. Passei a manhã na hípica sem conseguir me concentrar no trabalho porque o cavalo na baia fez um barulho com a pata que lembrou uma música do Men at Work e a lembrança levou ao meu irmão. Ele tinha um show pra fazer e não ia meter o louco de deixar isso de lado. O curso de Direito então, nem se fala. Deu dez pro meio-dia e o seu Ícaro me liberou. Não falei pra ele o que tava acontecendo porque não queria ninguém me enchendo de pergunta e nem com pena de mim ou coisa assim.

Parei no galpão do Buba. Ele e o Mudinho almoçavam na escada.

"E aí. Novidade do teu irmão?"

Só balancei a cabeça. Pra mim ele ia voltar logo, não tinha motivo pra ficar longe. E o bicho não desapareceu sozinho. Podia tá ele e a guria numa aventura. Sei lá. Essas coisas de comercial de cigarro.

"Liguei pro teu pai agora há pouco. Ele telefonou pra faculdade, mas teu irmão não apareceu lá não."

"E alguma notícia da Denise?"

Mudinho deu uma garfada e cutucou o Buba.

"Nada também... Acho melhor tu voltar pra casa agora."

"É... já tô indo."

"Tem que ser agora."

Buba olhou por cima do meu ombro. Me virei. Era o Cobrador chegando. Caralho. Se eu tentar sair vai ser pior. É sempre pior. O negócio é ficar. Só vai intimar, ameaçar e tudo termina numa boa.

"E aí, Samuca. Desenrola aquela fita lá que tu falou pro delegado."

"Era só aquilo mesmo."

"E o que é que tu falou com o teu irmão?"

"Nada. Só parou o carro e eu fechei a janela."

"E por que é que tu tá nervoso?"

"Não tô nervoso."

"É? E antes? Que é que tu falou com o teu irmão antes? Não mente pra não ficar ruim pro teu lado. Que é que tu falou com o teu irmão?"

"A gente falou da nossa mãe..."

"E mais o quê?"

"Mais nada."

Colocou um pé por trás de mim e me deu um soco no peito. O cara foi rápido feito uma víbora. Caí sem ar e quase bati com a cabeça na escada. Foi uma bomba do caralho. Filho da puta. É mal de família pegar os outros na crocodilagem. Buba se meteu na frente pra apartar o bagulho enquanto o Mudinho largou a marmita e me ajudou a levantar.

"Calma aí. O guri tá te dando a letra numa boa."

"Dando a letra é um caralho. O maluco tá de caô, rapá. Minha velha falou que ele disse pro delegado que tavam conversando de não sei o que de preço de ração." Se esquivou do Buba e veio pra cima de mim "Aí, acho melhor tu falar a verdade, porque a gente vai voltar a se ver."

O pau no cu foi embora logo. Fingi limpar a roupa, pra esperar ele pegar distância e eu ir em seguida. Ao menos o Tobias tava dentro de casa, senão ia querer morder o Cobrador e a parada ia ficar feia pra todo mundo.

Entrei no quarto do meu irmão. Abri o guarda-roupa e revirei os poucos papéis. Só boleto de faculdade, nota fiscal, manual de instrução, folheto de tele-entrega de lanche e contracheque. Porra, o bicho não deixou nem uma carta. Nada. Sentei na cama e me abaixei pra pegar o cartaz do show. Tive uma ideia cretina e descartei na hora. Dobrei o cartaz e coloquei no bolso. Pra onde esse porra foi? O que ele fez? E a Denise? Comecei a me sentir meio vazio. A implosão queria entrar, é sempre assim. Se tenho vontade do dia acabar logo, não tem erro, é a filha da puta vindo. De vez em quando eu durmo e passa por um tempo, mas só consigo dormir quando tô caindo de sono. E não é o caso.

Fui pro meu quarto sentindo como se meus pés tivessem amarrados nessas algemas com bolas, tipo as dos filmes de comédia. Peguei o palheiro no compartimento do mini system e deitei no chão com o Tobias. Não liguei o rádio, nem o Super Nintendo e muito menos a TV. Eu só queria ficar no silêncio e sentir o chão frio nas minhas costas enquanto enchia o quarto de fumaça. Lá pelas tantas da tarde, alguém bateu na porta. Podia ser o Cobrador, a polícia, o pessoal de Jeová, um vereador ou alguém trazendo a boa nova sobre o meu irmão. Eu grudei no chão e não podia sair.

O Tobias me entende. Ele não levanta e não late, mesmo com a insistência de quem bate na porta. Fica apenas ali do meu lado. É a hora do vazio, do sentimento oco, da tristeza agonizante fervida no nada e esse nada não consegue me tirar nenhuma lágrima.

Nota: acho que escrevo bem quando falo sobre a implosão, só preciso tomar cuidado pra psicóloga não me mandar pro psiquiatra e o psiquiatra me mandar pros remédios. Todos os conhecidos que se mataram tomavam remédio pra não se matar. A vida é como é porque as coisas são como são.

Meu pai chegou no começo da noite, empurrou a cortina pro lado e entrou no meu quarto. Eu tava jogando Earthworm Jim.

"Que cheiro é esse?"

"É de palheiro."

Continuei com o meu jogo, não olhei nem dei a menor atenção, mas a sobrancelha dele se arcou toda, sei porque é a única expressão de emoção que esse porra consegue ter quando algo não vai bem.

"Eu não quero ver tu fumando no quarto."

"Tá bom."

"O teu irmão tá sumido e eu preciso que tu me ajude. Consegues cooperar até ele voltar?"

"Claro."

"Obrigado."

Levou mais um tempo antes de deixar o quarto.

O Cobrador bateu na porta de casa. Eu sabia ser ele, pois foi uma batida forte e só esse animal de teta pra fazer isso. Aumentei o volume da TV e deixei discutirem. Queria mesmo era que se embolassem na porrada e um arrancasse o coração do outro na mordida. O Cobrador tava exaltado e falava rápido, não dava pra entender porra nenhuma. Meu pai arriscava interromper, mas a voz do outro ficava mais alta e ele se calava. No fim das contas, a lenga-lenga não durou mais que uma música.

VI

Na manhã seguinte, quando abri a porta de casa pra ir na hípica, tava o cuzão do Cobrador tomando café sentado na varanda da casa dele. Esse laranjão acha que é o cara do Halloween, só pode. Tragou e bateu o cigarro. Tobias rosnou. Mandei meu amigo ficar de boa.

"Cadê a minha irmã, seu filho da puta?"

O vagabundo começou a vim na minha direção.

Se eu tivesse com alguma parada pra dar jeito nele, eu daria. Mas não era o caso. Então chamei o Tobias, fechei a porta rapidão e corremos pro fim da rua. O Cobrador até arriscou ir atrás. Coitado. Jamais me alcançaria.

Chegamos na rodovia e carreguei o Tobias no colo porque o excesso de carros podia deixar ele nervoso, ainda mais que nunca foi tão longe.

O porra do porteiro da hípica embaçou quando me viu com o Tobias. Pediu pra mim esperar enquanto ele ligava pro seu Ícaro. Falou, falou, fez uma graça no telefone e veio dizer das normas e coisa e tal, pra depois liberar. Esses fudidos se acham melhor só porque ganham um trocado a mais. Nem falar direito o merda sabe. Sotaque feio do caralho. Todo errado. Não fode.

No fim das contas, seu Ícaro ficou brincando com o Tobias na pista de treino e até levou ele pra dentro do alojamento. Disse que lembrava o Jack, um vira-lata que teve logo depois de sair da aeronáutica.

Eu e a moça demos um banho no Piquet. Ela não parecia muito bem. De fato, quando me passou o balde veio falar do cansaço, que a gente só vive pra trabalhar, que eu tenho de escolher bem antes de pensar em casar... Esses conselhos de quem se fudeu. Nessa hora avistei a dona Angélica colando cartaz no poste do outro lado da rodovia. Ela carregava a Velha Coroca pelo braço como fosse um pai saindo com o filho no meio da multidão.

Eu não devia ter fechado a janela naquele dia, devia ter conversado com ele. Qualquer um faria. Teria dito pra onde tava indo e eu saberia o destino.

No fim do turno, disparei com o Tobias pro outro lado da rodovia. A velha colou um xerox da foto da Denise e do meu irmão juntos. Informação de desaparecidos, número pra contato e "Deus te abençoe" no fim da folha. Eu quis correr, abraçar a dona Angélica e chorar com ela. Mas meu irmão voltaria logo. Esse negócio de desaparecer pra sempre é coisa de velho com Alzheimer e criança com cara de novela.

Coloquei o Tobias no colo e me apressei pra casa. Não queria e nem podia dar de cara com o Cobrador.

Abri a geladeira. Sem a Denise aqui em casa, a comida ficou repetitiva. Meu pai tem a mania de só fazer arroz com alguma coisa e essa coisa costuma ficar por dois ou três dias até ficar cadavérica. Só tinha arroz congelado e frango ensopado. Reclamar da comida é pecado, eu sei, porque tem um monte de gente na miséria e tal, mas ninguém vai encher o bucho se eu parar de reclamar. Então que se foda.

Comi farinha com açúcar e dei o arroz com frango pro Tobias.

Fui pro quarto e vigiei pelo canto da janela. A Velha Coroca ficou uma cara na varanda olhando na direção do mangue. O Cobrador apareceu e colocou ela pra dentro. Depois o vagabundo foi pra rua, encarou a porta da minha casa e seguiu o rumo pra rodovia.

Vou aproveitar pra passar na locadora. Outro dia tentei pegar o jogo do Stallone alpinista, mas algum catinguento já tinha se adiantado. Deixei o Tobias em casa, o negócio agora é trancar ele até resolver essa parada do meu irmão. Peguei o skate e passei no Buba. Eu tinha um real e consegui mais um com o Mudinho. Entrei na rodovia e arrisquei um kickflip, quase embucetei de boca no areião do acostamento. Passei em frente ao camping de medicina e mais adiante dava pra ver os operários construindo as casas populares no morro. Peguei a trilha do posto de saúde, atravessei a estrada e entrei na locadora. Não tinha o Stallone, mas consegui pegar o True Lies. Dessa vez eu fecho esse filho da puta.

Fiquei panguando na praça do Monte Verde, no mesmo banco que eu e o meu irmão conversamos pela última vez. Hoje meu pai chega mais tarde. É dia de ir no centro espírita depois do trampo. Não tô a fim de voltar pra casa. Tipo, tô seco pra chegar, tocar uma punhetinha e passar a noite metendo uns tiro com um Whitesnake na vitrola e tal. Mas agora eu quero ficar sentadinho numa boa fumando meu palheiro. Não tô triste, não. Podia ir na pista olhar alguma guria, é só atravessar a rua. Mas não conheço a cacalhada e sozinho é foda porque nunca tenho nada pra dizer.

Do banco olhei o pessoal que entrava e saía do mercado. Era pro meu irmão e a Denise estarem lá. Não. Não dá pra ficar aqui, vai ser pior. Empurrei o skate, peguei impulso e segui o caminho de volta pra casa. Cheguei na rua bem na maciota. A parada agora é ficar esperto com o Cobrador. Fui até o galpão do Buba e subi numa pilha de madeira pra ver mais adiante. A casa da dona Angélica tava com uma janela aberta, pelo menos era o que dava pra ver do galpão. Buba parou o lixação.

"Pode ir. Não dá nada."

"Quem garante, meu chapa?"

"Vais querer carona pra casa?"

"Tô de boa. Vem aqui tirar onda com o meu ovo esquerdo."

Me inclinei na ponta do pé, não conseguia ver ninguém na casa. Levei um tapa na perna, desequilibrei e quase caí com o susto. Meu coração acelerou, a adrenalina foi pro caralho e cheguei a jogar o pé pra trás, pronto pra dar uma bicuda na fuça do Cobrador. Era o Mudinho. Acenou pra mim descer, ia me acompanhar em casa.

Mostrei pra ele a fita alugada. Queria ter algum assunto pra não deixar claro o medo de encontrar aquele merda. Tudo certo. A Velha Coroca vigiava pela janela. Me despedi do Mudinho e entrei.

Comi arroz com frango ensopado, ouvindo Here I Go Again. Liguei o Super Nintendo e fiquei uma cara fudida pra matar o gordinho da shotgun. Já tava xingando pra caralho.

Meu pai chegou quando eu curtia os créditos. Como é que eu não fecho essa porra. Não deu nem tempo do coitado respirar e o Cobrador foi bater na porta. Eu tava ficando de saco cheio dessa merda e não dava pra fugir toda vez que fosse sair ou entrar. Eu e o meu pai em cima dele dava conta tranquilo. Um socava embaixo e o outro dava só bomba na cara, o maluco não ia entender era nada. Na moral mesmo, até com o meu irmão eu tava indignado. O bicho podia muito bem ligar pra alguém e avisar onde tava. Cuzão pra caralho. Não fode.

Dei stop na fita pra ouvir o papinho do pilantra. O Cobrador começou a falar de dinheiro. Porra, a gente também tá na merda, seu otário. Eu e Tobias saímos do quarto e paramos do lado do meu pai. O verme tava com um pé dentro e o resto do corpo fora de casa.

"Tás anotando? Tem também os xerox e a cola que a minha mãe tá usando todo dia. Todo dia."

"Tá certo."

"Já anotou o Rivotril?"

"Ainda não. Peraí."

"Que porra é essa?" perguntei.

"Volta pro teu quarto, Samuel."

"Não se mete que a conversa aqui é comigo e o teu pai."

"Não se mete é o caralho, seu pau no cu."

"O que tu falou, maluco?" aproximou e o Tobias latiu pra ele.

"Volta pro teu quarto, Samuel."

"Tu és é um pau no cu do caralho, rapá. Nem tás se importando pra porra nenhuma. Tua mãe é que tá fazendo a correria."

"E é disso que eu tô cobrando, seu animal."

"Samuel, já disse pra ti voltar pro teu quarto."

"Mas esse bicho tá enchendo o saco todo dia."

"Deixa que eu resolvo. Agora volta pro teu quarto."

Eu queria enterrar uma faca no peito daquele verme do caralho e mostrar pro meu pai a melhor forma de acabar com um problema. Era pra gente amaciar o vagabundo, mas o velho ficou feito uma putinha aceitando as merdas daquele lixo.

Fui pro quarto, Tobias veio junto. Sentei na cama e fiquei encarando o skate. As mãos tremiam, eu não conseguia respirar direito. Algo me sufocava. Se o vacilão vier me ameaçar amanhã, vou abrir uma buceta na cabeça dele com a ponta do shape.

As vozes foram sumindo e meu pai entrou no meu quarto.

"Não quero mais problema. Tá entendendo?"

Não respondi nem olhei pra ele. Vem querer falar merda. Não fode.

"O que tá acontecendo, Samuel?"

Levantei da cama.

"O que tá acontecendo? Porra, o meu irmão sumiu e eu tô tentando ficar de boa, porque ninguém tem ideia de onde ele tá. Tem esse porra que não vai parar de encher o nosso saco até a porcaria da irmã dele voltar. A gente vive numa casa toda fudida. Nunca tem comida, e se tem, é..."

"E por que tu não me ajuda?"

"Te ajudar no quê? Quando eu liguei pra falar do sumiço, tu cagou e andou pra parada. Tu nunca tá em casa. É só trabalho e aquela porcaria de centro..."

"Eu tô trabalhando justamente pra gente sair daqui. Quando tu for maior e tiver a tua família, vais ver a dificuldade que é."

"Eu sei que não é fácil, eu sei disso... e ficou pior..."

"Não sei se vou dar conta de tudo sozinho. Eu realmente preciso da tua colaboração."

"Eu tô colaborando. Peguei um trampo também..."

Ouvimos o barulho de vidro se estilhaçando. Tobias latiu e correu pra cozinha todo atiçado. Meu pai acenou pra mim ficar parado e esperamos por um tempo até não ouvirmos mais nada. Puxou a cortina pra sair do quarto. Dali já dava pra ver os cacos espalhados pelo chão e embaixo da geladeira. Fui pra cozinha. Tinha uma pedra do tamanho do meu punho caída perto do fogão. O vidro estilhaçado era da janela. Fez um buraco pouco maior que o de uma bola de tênis. A pedra veio de fora. Foi o verme do Cobrador quem fez isso. É um bicho bem merda mesmo.

“Não quero que tu faça nada.” pediu o meu pai.

“E se eles nunca mais voltarem?”

“Não sei.”

Varri os cacos e meu pai pegou com a pá.

“A gente não vai mais ter paz aqui.” disse eu.

“Aguenta as pontas mais um pouco. Eles vão voltar. É só ter fé.”

Isso vai acabar em morte. É sempre assim. O merda vai bater todos os dias e nos cobrar como se a gente fizesse parte disso tudo, como se fôssemos cúmplices. E o meu pai pode suportar por um bom tempo, porque no fim, vai ter a esperança de trabalhar cada vez mais pra levantar uma grana e sairmos daqui.

Mas eu não sou meu pai.

VII

No final da tarde do dia seguinte, passei no galpão do Buba pra descolar um cigarro. Fumamos. Ele disse que a dona Angélica e o Cobrador iam aparecer no Programa do Cesinha, aquele depois do almoço. Baixou a esteira e pediu ajuda pra colocar uma cômoda na picape. Até fiz minha parte, mas o Mudinho foi quem praticamente ergueu o móvel sozinho. Com isso consegui pelo menos mais um cigarro.

Pouco antes do meu pai chegar, abri a porta pro Tobias dar uma mijada na rua e o Cobrador e a Velha Coroca me olharam da janela. Pediu pra esperar. Entrei em casa, peguei a faca de tirar escama e escondi entre a calça e a jaqueta. Quando voltei pra rua, o vagabundo tava quase na frente da minha porta. Disse que não queria dinheiro nenhum do meu pai, pois o negócio era todo mundo se ajudar mesmo, "a raiva já passou e agora é só preocupação e esperança".

"Tá bom. Era só isso?" perguntei.

Estendeu a mão de merda dele e aceitei a convenção. Depois virei as costas, chamei o Tobias e entramos.

Vagabundo tava era pagando sapo, mas contei a história pro meu pai quando chegou em casa. "Estranho. É melhor ficar esperto com isso."

Na quinta, ao voltar da hípica, toquei uma punhetinha rápida no banheiro e fui pro quarto ligar a TV. O Programa do Cesinha deixou o caso pro último bloco. O Cobrador e a dona Angélica pareciam mais gordos na televisão. Mostraram fotos do casal desaparecido e pediram pro pessoal parar com os trotes. O bicho chorou, falou que a família tava sofrendo e o caralho a quatro. Dona Angélica mostrou os medicamentos dela e os da Velha Coroca. Era tudo verdade, mas na moral, rolou um draminha aí nessa parada.

Sexta de tarde foi o Mudinho me chamar pra vermos o jogo do Brasil contra a Dinamarca. Quando cheguei tava o Buba e o Cobrador xingando pra caralho a zaga, depois da Dinamarca abrir o placar, logo no início do primeiro tempo. Os caras compraram uma cerveja amarga pra caralho. Eu fico bêbado rápido, por isso tomei em pequenos goles. Terminei a primeira lata e o Bebeto empatou. Na segunda latinha já tava dando um brilho.

No fim do primeiro tempo, o Cobrador me chamou pra irmos lá fora. Paramos na boca da rua.

"Visse a gente na TV?"

"Não. Acabei dormindo."

"Eles vão vim aqui amanhã pra filmar e entrevistar o pessoal. Querem fazer um especial do caso pra segunda-feira. Vão falar com a galera que trabalha no mercado e os colegas da faculdade do teu irmão. Isso vai ajudar a chegar em mais pessoas. Quem sabe alguém pode ter alguma informação."

"Entendi."

"É só deixar eles filmarem a casa, o quarto... e vão te fazer umas perguntas."

"Quais perguntas?"

"Você chegou a presenciar alguma discussão ou briga do casal?"

"Nunca." Respondi pra repórter.

Távamos na cozinha e o cinegrafista filmava o quarto. Ouvi a porta do guarda-roupa ser aberta. O maluco devia tá mexendo nas papeladas.

"O que você acredita que tenha acontecido?"

"Acho que foram viajar."

O Cobrador me cutucou como se eu precisasse criar uma narrativa mais dramática pra alimentar o mistério.

"E por que acha isso?"

"Ele tava com um galão de gasolina."

"Você sabia disso?" virou o microfone pro Cobrador.

"É uma novidade pra mim."

Depois de meia dúzia de perguntas cretinas, resolveram filmar o quarto da Denise. O Cobrador esperou a repórter e o cinegrafista se afastarem e ali mesmo na cozinha me disse:

"Estragasse tudo. Sabes disso, né?"

"A gente nem combinou nada."

"Tás fudido na minha." E bateu com o indicador no meu peito pra cada sílaba.

Choveu bastante durante a noite. Foi um temporal de balançar telha. Cheguei a pensar nos lugares onde meu irmão estaria.

VIII

Perdemos pra França. Foi uma fita feia pra caralho. Tomamos gol de caras que a gente nunca nem tinha ouvido falar.

Acordei com o barulho do meu pai colocando a marmita na bolsa e correndo pra pegar o ônibus. Tentei voltar a dormir, mas eu já tava desperto. Levantei, peguei a bacia e chamei o Tobias pra gente caçar gatanhão. Abri a porta e o Cobrador tava na varanda cortando a unha do pé. Preferi não ir em frente. Vou deixar o mangue pra mais tarde. Abri uma lata de sardinha e coloquei na cumbuca do meu amigo. Tomei um café e fumei no canto da janela enquanto esperava o vagabundo sair de casa.

Levou a Velha Coroca pra passear no quintal, depois dona Angélica veio e continuou a gincana pro merda ir pro trabalho. Esperei por mais uns cinco minutos e fui pra hípica.

Consegui um trocado pelo saco de serragem. No fim do turno caminhei até a locadora pra devolver o Super Punch-Out. Meus dedos tinham congelado nas trocas de baldes d'água e perdi a sensibilidade por um tempo. Acho que foi por isso que deixei a fita cair da mão umas duas vezes.

Fumei três palheiros no caminho de volta pra casa. No frio a vontade de fumar é maior. E com café então, vai tranquilo uns dez cigarros por dia. Foi o temporal da noite passada que fez a temperatura despencar assim.

Acenei pro Buba e pro Mudinho. Não cheguei a parar pra falar com eles, pois eu tava com muita fome. Noite passada foi arroz com calabresa, então hoje vai ser a mesma coisa.

Abri a porta de casa e Tobias tava morto. Era pra mim criar todo um drama falando sobre meus passos até ele e o ódio que senti do resto do mundo, mas a parada é que nunca houve um momento em que eu chegasse e ele não tivesse me esperando, fosse na rua ou em casa.

Tava deitado na frente da pia. Ajoelhei e passei a mão pelo seu corpo frio. Ergui a pata dianteira, começava a ficar dura. Usei o casaco pra cobrir o Tobias, assim ele ficaria mais aquecido. Peguei uma toalha de louça, enrolei na mão e tirei a camada de espuma da boca dele, não queria que se sufocasse. Sentei na cadeira, acendi um palheiro e esperei pela implosão, mas ela não veio. É tudo um grande teatro de merda.

Fui pro quarto, peguei o violão e voltei pra cozinha.

"Vem, Tobias."

Ele sempre brinca de bater com a pata nas cordas do violão.

"Vem, Tobias."

Toquei um dó maior pra ele levantar.

"Vem, Tobias, caralho. Levanta daí, porra."

Nem um abano de rabo.

"Não vai vim? Vou guardar o violão."

Continuou ali, não queria brincar.

Peguei no braço da viola com as duas mãos e ergui.

"Levanta." bati com o violão no chão. Não aconteceu nada "Levanta." bati com o violão na mesa. Rachou o corpo.

Bati com ele na pia. Na parede. Na geladeira. As cordas arrebentaram e o braço deslocou do resto do corpo. O violão foi pro saco.

Deitei e abracei Tobias. Eu também tava com frio. A porcaria da espuma voltou a sair da boca dele. Inclinei pra tirar um pouco com a mão e foi aí que vi algo avermelhado embaixo da mesa. Rastejei e enxerguei melhor. Era um bife. Parte dele tava mastigada. Tobias jamais roubaria comida. Levantei. E se tentasse, nunca teria forças e nem condições pra abrir a geladeira. Olhei pra janela da cozinha, a mesma janela que o Cobrador estilhaçou com a pedra. E se abrisse a geladeira, não encontraria bife, pois só tinha frango ensopado. O filho da puta envenenou meu amigo.

Peguei a pá no porão e comecei a cavar no meio da rua, entre nossas casas. Não medi, apenas fui no impulso. Como choveu muito na noite anterior, a terra tava lamacenta e cuspia areia pra todo lado a cada pazada minha. Fiz um buraco muito grande e brotou água da terra. Entrei em casa e peguei o Tobias no colo. Aproximei meu rosto e tentei sentir seu cheiro pela última vez. Não consegui. Nem nisso tinha mais vida. Amarrei o casaco nele pra deixar bem agasalhado e coloquei Tobias com cuidado no buraco. Cobri com terra o mais rápido possível pra impedir que a água surgisse e afogasse ele.

"Que porra tás fazendo?"

Era o Cobrador voltando do trabalho. Enfiei a mão na terra e arremessei uma pasta de lama em cima dele. O filho da puta esquivou bem, mas se sujou com alguns pingos. Ameaçou vir na minha. Peguei a pá e segurei forte com o cabo apoiado no ombro.

Ele tava com medo, eu podia ver nos olhos daquele lixo. Se afastou devagar, me chamou de maluco e entrou em casa.

Fui pro galpão. Buba e o Mudinho tavam marcando as madeiras.

"Fosse pegar gatanhão?" perguntou ao me ver sujo de lama.

"Faz uma cruz pra mim?"

"Não vem tirar com a minha cara hoje não, que eu tô com muito trabalho."

"É pro Tobias."

Parou o que tava fazendo. Guardou o lápis no bolso e olhou pro Mudinho, depois pra mim, baixou a cabeça e ficou em silêncio. Pedi uma cruz de tamanho que desse pra escrever o nome dele e a data. Buba desenhou o serviço pro Mudinho.

"Vamos lá pra cozinha. Deixa o Leandro ali fazendo."

Pôs a mão no meu ombro e me acompanhou até a mesa.

“Senta aí. Tem café e cachaça de abacaxi.”

“Pode ser a cachaça. Consegue um cigarro?”

Acendeu dois Marlboro no fogão e me deu um. Tossi com a tragada. Colocou a garrafa na mesa e ficamos sentados, fumando e bebendo em pequenas doses. A cachaça tinha gosto de Ki-Suco de Velho Barreiro.

“Morreu como?” fumou.

“Envenenado.”

“Tens certeza?”

“Absoluta.” Bebi “Foi o Cobrador.”

“Que bicho merda. Não tenho muito pra ti dizer... Na real, eu nem sei o que dizer, mas lamento.”

“Eu também.” Fumei “Isso só vai acabar quando o meu irmão voltar.”

“Não pensa assim. Pode ser que demore.”

“Eu vou atrás dele.”

“Não fala merda. Bebe aí. Tu tá mal pelo que aconteceu. Mas daqui a pouco passa.”

“Falaram isso quando minha mãe morreu.” Fumei “Nunca passou. Essas coisas nunca passam. O cara só vai aprendendo a guardar, mas nunca passa.” Bebi e fumei.

O Mudinho chegou com o serviço pronto, colocou na mesa e bateu no meu ombro pra me consolar. Era simples como tinha de ser.

Enterrei a cruz sobre o monte de terra mexida e forcei com a pá. Fui pro chuveiro deixando a água quente amaciar minhas costas. Vesti minha melhor roupa de frio, abri a mochila, tirei os cadernos e tudo de inútil. Coloquei só o que valia a pena. Meu skate, as fitas K7 de Best of, o Super Nintendo com oito fitas e os pornôs. Peguei duas sacolas de mercado e joguei dentro duas calças, camisas, meias, cuecas e um casaco. Não consegui fechar a parte de cima da mochila porque o skate ficou pro lado de fora.

Olhei a casa uma última vez. Queria guardar cada parte dela na lembrança. Entrei no quarto do meu irmão e fiquei pouco tempo, não tinha nada ali. O mais importante tava no bolso, o cartaz de divulgação do show. Cheguei a parar na porta do quarto do meu pai, mas eu já disse, ele sempre chaveia aquela porra. Deixei um bilhete curto na mesa da cozinha. "Fui procurar meu irmão."

Fugi pra encontrar. É preciso fugir.

A casa do Cobrador tava com as janelas fechadas. Olhei pra cruz, larguei as sacolas e encostei a palma da mão na terra, sentindo os grãos de areia deslizando. Me despedi do meu amigo. Era fim de tarde e o céu escurece mais cedo.

Adiante, o Mudinho se equilibrava na Monark pra sair do galpão e chegar na rodovia. Parou quando me viu. Acelerei o passo, não pra chegar até ele, mas pra não parar na frente da casa do Buba, pois se me visse com as trouxas, faria de tudo pra me impedir de fugir.

Apontou o dedo pra esquerda e pra direita e abriu os braços. Indiquei a direita com a cabeça. Deu um tapa na garupa e corri todo desengonçado.

Seguimos pelo acostamento da rodovia.

Nunca vou perdoar meu irmão por sumir no inverno. Minhas mãos tavam ocupadas com as sacolas, então precisei dar duas leves testadas nas costas do Mudinho. Pedalou pra trás e a Monark freou aos poucos. Desci e apontei pro portão da hípica. Olhou pras sacolas, ele sabia o que eu tava fazendo. Apenas balancei a cabeça e ele também. A gente se entendia. Larguei as coisas e aceitei a convenção. Nos abraçamos com a mesma força que me abraçou no enterro da minha mãe. Tentou pronunciar algo e confirmei com o polegar. Pegou o caminho dele. E eu o meu.

IX

A hípica fecha depois das seis e meia, mas sempre fica um senhorzinho vigiando na guarita.

"Posso falar com o seu Ícaro? Eu trabalho na parte da cocheira. Pode ligar e dizer que tô aqui na frente? Meu nome é Samuel."

"Só um minutinho, que vou ver se ele pode te atender."

O velho levou mais tempo pra voltar e as alças apertaram meus dedos.

"Sabe onde fica a casa?"

"Sei sim. Nos fundos, né?"

Acariciei os cavalos nas cocheiras. Não tinha me apegado a nenhum deles, mas sempre tratei todos com respeito. Dei uma olhada no alojamento enquanto atravessava pra parte de trás. A casa era grande, de dois pisos e toda feita de pequenos tijolos.

Bati na porta. Devia tá perto, pois abriu em seguida.

"Ô, meu querido. Como é que tá?" olhou as sacolas "Tás que nem o pessoal do Kosovo?"

"Quase isso."

"Entra. Tô com comida no fogão."

Larguei as sacolas depois de passar da porta.

"Não vou demorar muito. Só vim pra me despedir mesmo."

"Como assim?" abriu o forno e retirou uma quantidade considerável de carne assada "... Minha filha vai trazer o namorado dela pra mim conhecer. Vai sobrar comida."

"Aceito."

É hoje que forro esse buraco no estômago.

"Senta aí e explica melhor isso."

Seu Ícaro fez o meu prato. Tinha carne, arroz, feijão, farofa e batatas e um pote separado de salada de tomate com rúcula ou agrião. Nunca sei.

"O senhor não vai comer também?"

"Agora não. Vou esperar eles chegarem." Sentou na minha frente com um copo de vinho "Vais pra onde?"

"Vou procurar o meu irmão."

"E o teu pai sabe disso?"

"Claro. Foi meu velho quem deu a ideia... aí vou junto."

Já sentia o jantar dando toda energia necessária. Eu não me alimentava bem desde quando a Denise sumiu.

"Não é mais fácil deixar a polícia resolver?"

"A gente esperou três semanas e eles não fizeram nada. O pessoal da TV falou com mais gente do que a própria polícia."

"E pretendem voltar?"

"Só depois de encontrar o meu irmão. Foi o que meu pai disse."

"Então já posso acertar as contas contigo?"

"Pode. Pode sim." Uma garfada.

Foi prum quartinho, pegou uma prancheta e fez os cálculos ali mesmo. Aí voltou com um envelope.

Eita coisa linda.

"Deu oitenta reais e cinquenta centavos. Mais trinta pila de ajuda de custo. Cento e dez reais e cinquenta centavos no total. Confere com o que tinhas em mente?"

"Confere sim." Garfada.

Eu nem tava ligado em valor, só queria encher o bucho, pegar a bolada e cair fora.

"E como é que vocês vão procurar ele?"

"Um pouco de ônibus e um pouco a pé." Essa garfada agora foi grande. Fome fudida.

"Pelo estado?"

"Isso. Pelo estado." falei de boca cheia. Que se foda. Pau no cu da convenção.

"Mas do jeito que tás aí, não vão muito longe, não."

Emborcou o copo de vinho e subiu as escadas. Eu só queria me empanturrar. Bagulho bom pra caralho. Podia comer mais uns dois pratos tranquilo. Ao dar a última garfada, ouvi uma queda e algo rolou da escada. Pulei da cadeira e pensei: seu Ícaro se fudeu. Mas era só uma mochila de viagem, meio antiga e bastante grande.

"Pega pra ti." disse descendo "Usei muito quando eu era pouco mais velho que tu."

Fiz aquela cena de "que isso? Não precisava", "não vai fazer falta pro senhor?" Consegui colocar todas as coisas, inclusive o skate, e ainda sobrou um bom espaço na mochila pra mim colocar minha antiga mochila. Salvou minha vida.

Ajeitei. Ficou pesada, mas pelo menos eu conseguia me mover melhor. Desejou boa sorte pra mim e pro meu pai na viagem.

Me despedi quando a filha e o namorado chegavam num carro estiloso. Olhei pra trás depois de pegar certa distância. Seu Ícaro abraçou a filha e apertou a mão do maluco. Devia ser um pai massa.

Atravessei a rodovia pra pegar o ônibus dentro do bairro. Precisava me desfazer de algumas coisas e conseguir mais um troco. Arranquei do poste o cartaz com a foto do meu irmão e a Denise juntos, dobrei e guardei no bolso da jaqueta. Desci na locadora. Tinha um pessoal mais novo que eu jogando por hora o Ultimate Mortal Kombat 3. O dono tava atrás do balcão, monitorando a rapaziada. Fui direto ao ponto, sem palhaçadinha.

"Tô vendendo o Super Nintendo com os jogos. O senhor tem interesse?"

"Senhor tá no céu. Vais comprar o Sega Saturn ou o Playstation? O pessoal agora só quer saber de jogo de CD."

"Nenhum deles. Tô vendendo por um bom preço."

"Pra mim não tá mais compensando comprar. Tô tendo que fazer promoção pra não ficar quebrado. Disseram na TV que em quinze anos os japoneses vão tá jogando videogame só pelo olho."

"Vou tentar vender em outro lugar, então. Tem algum pra indicar?"

"Tás pedindo quanto?"

"Cento e sessenta leva tudo."

"Seu pirado. Nesse valor eu compro um novo com dois controles e um cartucho."

"Mas o meu tá conservado e vem com oito fitas. Faço por cento e quarenta, então."

"Não, não."

"Eu preciso de cento e vinte. É o mínimo que posso vender."

"Tá muito caro ainda."

"Mas se eu fizer por menos que isso, não vou conseguir voltar pra casa." Inclinei o corpo pra mostrar melhor a mochila.

"Vais se mudar?"

"Não ficou sabendo? A gente foi despejado. Meu pai tá torrando grana pra encontrar meu irmão e a gente ficou sem dinheiro pro aluguel."

"Poxa, que barra." Fez cara de quem sente pena e puxou a gaveta do caixa "Não entrou quase nada hoje." Pegou várias notas pequenas de um e cinco pila. Abriu a carteira e sacou uma de cinquenta. Contou. "Setenta e dois reais. É tudo que eu tenho."

Guardei a grana na carteira e deixei o videogame e as fitas no balcão. Sou uma máquina de fazer dinheiro.

Fui de skate até o Monte Verde. O peso da mochila dificultava meus movimentos e tive de agachar pra não perder o equilíbrio. Entrei no mercado. O segurança me abordou logo na porta. Pensei que ia embaçar com a mochila, mas era só pra perguntar se meu irmão tinha voltado pra casa. Pergunta cretina do caralho. Não fode. Peguei um pacote com quatro rolos de papel higiênico, uma caixa com três pastas de dente e um kit com seis sabonetes de diferentes fragrâncias. Peguei também um pacote de pilhas e um cartão telefônico. A mulher no caixa perguntou sobre o meu irmão e a Denise. "Sumiram. E o teu irmão?", perguntei. Nem sabia que a maluca sabia da minha existência.

No ponto de ônibus acendi um palheiro. O orelhão do lado fez pensar se deveria ligar pra alguém. Esse alguém seria o Buba, pois era o único que eu sabia o número de cabeça.

"E pra onde tás indo agora, seu maluco? Volta pra casa."

"Vou procurar meu irmão. Só escuta e presta atenção. Não deu tempo de explicar no bilhete que deixei pro meu pai, porque ele já tava pra chegar. O pessoal do mercado não sabe pra onde eles foram, os da faculdade também não sabem nada, mas ninguém falou com os caras da banda."

"Mas tu mesmo disse que achava que ele foi viajar."

"Eu tava errado. Conheço o meu irmão, sei que ele não ia deixar as coisas de lado só pra fazer uma viagem. Aconteceu alguma parada séria e eu vou saber. Diz pro meu pai que vou voltar com o meu irmão."

"Tás aonde agora?"

"Não posso dizer, meu chapa. Até mais."

Mas não tive tempo de ligar, o ônibus veio após três tragadas. É sempre assim, a gente acende um cigarro e o latão aparece. Peguei um banco vago no fundo, coloquei as pilhas no walkman, dei play e tocou Wild One, do Thin Lizzy. Puxei do bolso da jaqueta o cartaz do show, caiu junto a cópia do meu irmão com a Denise. Pareciam felizes. Tavam dançando agarrados e sorriam pra foto.

Desci no terminal e fui pra plataforma do continente. Tive a sensação de estar em outra cidade. Nunca ouvi falar dos bairros indicados nas placas. Uma garota sentada no banco percebeu minha procura, mas fiquei com medo de ir falar com ela. Preferi um senhor mais adiante. Mostrei pra ele o endereço no cartaz. O coitado tava todo perdido, apontou prum homem e pediu pra mim perguntar pra ele. Quando fui aproximar, o homem embarcou no ônibus.

A garota que evitei levantou e veio na minha direção.

"Tás querendo ir pra onde? Vi que tás meio perdido."

Mostrei o endereço no cartaz e perguntei se sabia qual ônibus eu devia pegar.

"Caralho, velho… tô indo pra lá agora."

Então é assim que nasce uma história de amor.

Sentamos pra esperar o latão. Ela se chamava Brisa. Vai toda semana no Plata Club, pois a cerveja é a mais barata da região. "O lugar é um cocô, mas é massa…".

Seguimos de ônibus pela ponte. Eu tinha saído poucas vezes da ilha e todas foram pelos passeios da escola.

"Meu professor de história falou que vão tombar," apontou pra Hercílio Luz "porque é a melhor saída pra ninguém demolir."

Pensei que tombar e demolir fosse a mesma coisa. Aproveitei e olhei de canto pras pernas dela. Eram esqueléticas.

"Tás em qual série?" perguntei só pra ter algo pra dizer.

"Terceirão. E tu?"

"Acabei ano passado."

"Nossa. Quantos anos tu tem?"

"Dezoito."

"Perfeito. Eu tenho dezessete. Vou precisar de ti pra comprar as cervejas. É foda que os caras sempre vem querer dar em cima se eu peço pra eles."

"É... tá cheio de oportunista filho da puta."

"É isso aí."

Descemos perto de uma oficina e caminhamos por uma estrada de chão batido. É um longo caminho, disse ela. Reclamou do frio. Também, a guria tava só com um casaco fino e as pernas de fora. Não fode.

Os postes de luz ficavam distantes um do outro. Risquei o isqueiro várias vezes pra poder ver alguma coisa. "Estupraram minha namorada nessa rua no ano passado." Lamentei, aproveitei a conversa e expliquei o motivo de eu tá ali. Mostrei a foto quando paramos embaixo de um poste, mas não conhecia nem meu irmão e nem a Denise. Seguimos.

Ouvi batuques, barulho de motor e risos, távamos chegando. Lugar feio pra caralho, tava só no chapisco. O vagabundo teve foi sorte de não tocar nesse puteiro. Tinha bastante gente pra uma segunda-feira, umas motos e dois carros estacionados. Um real e cinquenta centavos a entrada.

Paguei a minha e a dela. Uns velhos com coletes de couro na segunda mesa gargalharam quando me viram com a mochila de viajante. Eu parecia mesmo ridículo naquele meio. Todo mundo de preto e com cara de roda punk no domingo e sorvetinho na segunda.

"Não liga pra eles." disse no meu ouvido por conta do som alto "Esses são os mais otários."

"Tô de boa. Como que eu faço pra falar com o gerente daqui?"

"Fala com ele." Apontou pro coroa servindo cerveja atrás do balcão. Tinha cara de general de filme de guerra "Eu vou falar com uns amigos meus. Compras a cerveja pra mim?"

"Claro, pode deixar. Vou resolver minhas paradas e depois te procuro."

Tentou dar a grana da bebida, mas rejeitei. O general me viu aproximar, colocou as mãos na mesa e me encarou. Parei na frente dele e cumprimentei, fez cara de quem não ouviu. Tive de inclinar pra chegar mais perto.

"Tô procurando o meu irmão." Mostrei a foto "Desapareceu há quase um mês."

Olhou e fez uma cara de sonho estragado.

"Nunca vi. Era só isso?"

"Qual cerveja tem?"

"Mostra o R.G."

"Tô sem ele."

"Pra ti só tem Coca, Pepsi e Pureza."

"A banda dele ia fazer show aqui."

Tirei o cartaz do bolso, desdobrei e coloquei sobre a mesa. O general entortou o pescoço pra ver o anúncio e me olhou como quem mandaria pro fuzilamento.

"Também tô procurando ele. Fiquei no prejuízo com esses filhos da puta."

"Como foi que entraram em contato?"

"Não sei."

O general foi atender um motoqueiro que pediu uma garrafa de cerveja.

"Foi por telefone?"

"Não quero papo contigo." Passou um pano no balcão "Problema teu tu resolve com o teu irmão."

Que bicho pau no cu. Só quero uma merda de uma informação, seu cuzão.

"Por favor. É importante pra mim. Meu pai tá morrendo e me fez prometer que eu ia encontrar o meu irmão."

O general cruzou os braços, balançou a cabeça e fez um hang loose na orelha.

"E o senhor tem o telefone de quem ligou?"

"Não."

Peguei o cartaz, dobrei com cuidado e coloquei de volta no bolso. Como diabos vou encontrar ele desse jeito? Se eu fosse detetive, não ia conseguir dinheiro nem pro palheiro.

Preciso pensar. Preciso comprar a cerveja. Preciso comprar a cerveja e pensar. A Brisa tava do outro lado do bar sentada no colo de uma garota, assistindo a dois caras que jogavam sinuca.

Fui na mesa do motoqueiro que tinha acabado de comprar a garrafa de cerveja. Tava sozinho.

"O amigo pode me ajudar? Tô procurando essa pessoa."

Desdobrei a foto. O motoqueiro só balançou a cabeça.

"Podes fazer um favor pra mim?" pedi "Preciso comprar uma cerveja, mas tô sem o meu documento aqui."

"Te entendo." Esfregou a mão no rosto. "Mas aí fica embaçado pra mim."

Abri a carteira e retirei uma nota de cinco pila.

"Me vende essa tua garrafa, então."

O vagabundo entregou sem papo furado e ainda ofereceu o copo. Passei pela porta que dava pro outro lado do bar. A Brisa me viu com a garrafa e bateu palma toda animadinha. Entreguei pra ela.

"Ai, brigado. Conseguiu resolver o lance lá?"

"Não." Coloquei a mochila no chão e mexi os ombros pra descansar as costas "Só disse que o contato foi por telefone. Não acreditei muito."

"O que tu pretendes fazer agora?"

"Não sei. Vou ver um lugar pra dormir."

"Tem a pensão das puta... seguindo reto." disse um cabeludo amigo dela que jogava sinuca "É o mais barato que vais encontrar por aqui."

"Mas qual era a tua ideia?" perguntou a Brisa.

"A minha ideia era conseguir o contato da banda pra falar com alguém que tocava com ele. Eu vi quando o bicho saiu de casa, então sei que não desapareceu do nada, não foi sequestrado nem algo assim. Preciso falar com alguém que conheceu ele, pra saber aonde foi."

"Tens alguma foto?" perguntou o sinuqueiro.

Mais uma vez desdobrei.

"Sei quem é. O xerox não tá muito bom, mas sei quem é. Ele vinha bastante aqui, depois deu uma parada. Acho que desde o começo do ano que não vejo mais ele. Conhecias os caras da banda?"

"Nunca vi. Nem faço ideia."

Perguntou qual era o som deles, o nome da banda, se ainda tocam. Respondi o que podia.

"Ensaiavam aonde?" Brisa perguntou e deu uma bicada na cerveja.

"Em algum estúdio no sábado de manhã."

Até umas horas atrás, decidi procurar pelo meu irmão. Agora, eu tava pensando no quanto isso foi uma ideia de merda. Voltar pra casa seria a coisa mais estúpida a fazer. Mesmo se tudo acabasse aqui, precisaria me virar por uns dias pra não voltar tão cedo e ninguém me ver como um fracasso.

Os caras na mesa jogavam tão mal que a Brisa e a garota com ela não deram mais atenção pra partida. O sinuqueiro descansou o queixo no taco, olhou o adversário jogar e depois voltou pra mim.

"Mas se eles ensaiavam em estúdio, então é só tu ligar pra lá e pedir o contato da banda. O problema é que deve ter uns quinze pela região."

A Brisa sorriu pra mim e não disfarcei o contentamento. Como fui tão burro de não pensar nisso? Pelo menos agora eu tinha um norte. A partida acabou e o sinuqueiro foi comprar cerveja. Dei um troco pra ele e pedi duas garrafas de vinho tinto suave. Quando voltou, coloquei uma na mochila e deixei a outra com o pessoal. Abracei a Brisa e apertei a mão do restante. Aceitei a convenção.

Fui pro caminho indicado pelo sinuqueiro. Pensão das puta, disse ele, lá o quarto é mais barato.

Passei por uma pequena ponte torta onde embaixo corria uma água catinguenta por uma trilha de pedras. Era a única parte bem iluminada da estrada. Vi as luzes vermelhas de neon num pequeno edifício que mais parecia parte de um conjunto habitacional inacabado. Dois caras de vinte e poucos anos tavam sentados na entrada do prédio de quatro andares. Não tinha muro, nem portão e nem guarita. Não tinha nada. Só carros estacionados. Um dos caras levantou quando aproximei.

"Vai ser o que hoje, amigão? Quer dar uma conferida nas meninas?"

"Tô de passagem. Preciso de um lugar pra dormir essa noite."

"Dez pila, mais cinquenta centavos de taxa."

Não sei se era barato ou caro, pois nunca dormi em nenhum outro lugar que não fosse o meu quarto. Acertei ali mesmo e o maluco me deu as chaves. Uma era a da pensão e a outra era a do banheiro coletivo. Peguei o 404, o mais distante de tudo, segundo ele. Pra mim tava perfeito.

"Viu se o posto tá aberto?" perguntou "Tô sem cigarro."

"Não passei por lá."

Nem sabia onde ficava o posto, mas fiz dois palheiros e deixei com ele.

"Se precisar de um bob ou uma escamosa, é só chamar."

"Tranquilo."

Conforme eu pisava nos degraus das escadas, sentia a coluna envergar com o peso da mochila. No segundo andar uma mulher gemia alto e no terceiro alguém fungava forte. Abri a porta e levei um tempo até encontrar o interruptor ao lado. O quarto fedia a cobertor de cachorro. Larguei minha mochila no guarda-roupa, liguei a TV e me joguei na cama. Fechei os olhos por uns segundos, só pra poder ficar de boa. A murrinha deixou até a respiração mais difícil. Abri a janela numa mãozada e deu um esporro do caralho. O frio naquela altura já veio dando tapa na nuca. Esperava mais do lugar, mesmo sendo só por uma noite. A única parada massa no quarto era o papel de parede, lembrava o que minha mãe colocou na cozinha quando eu era pequeno.

Acendi um palheiro. Coloquei os fones e dei play no walkman. Já tava na metade de I Do Rock'n roll, do Golden Earring.

Minha primeira noite sozinho. Lamentei pelo meu pai, mas precisava fugir daquela merda de lugar. Aos poucos vou entendendo até o puto do meu irmão.

Bati a xepa na janela e fui pegar o vinho na mochila. Que merda. Era de rolha. Como a porra de um boteco me vende vinho de rolha? Os caras não sabe fazer dinheiro mesmo. Desci até onde tavam os dois caras.

"Cês tem um saca-rolha?"

O maluco que dei o palheiro levantou da cadeira e foi até o carro, pegou no porta-luvas e me entregou. Na verdade, era um canivete suíço.

"Onde compro um desses?"

"Em qualquer lugar no centro."

"Quer vender?"

"Esse é legitimo, então faço pra ti por oito pila e mais o teu saco de fumo."

Dei sete reais e mais a minha mochila antiga. Pensei em como diabos meu pai conseguia guardar dinheiro.

De volta pro quarto, puxei a rolha e deixei o vinho respirar, como o cara do comercial disse. Emborquei. Liguei a TV e tava a Sharon Stone. Pensei que era aquele filme que ela mostrava a mijona, já ia me esbaldar na punheta velha. Mas só rolou um peitinho e a bunda branca do Stallone. Ainda assim toquei umazinha só pra deixar minha marca. Querida mamãe vira pudim na estrada e eu dou uma gozada gostosa no papel de parede.

Por deus. Mesmo com a janela aberta o rastro de ódio não ia embora dali. Liguei o ventilador e coloquei minha cara na frente dele.

"Eu quero melão." entortei a boca e a voz saiu meio robótica. Logo desliguei. Minha mãe ficava puta quando eu metia a cara na frente do ventilador. Dizia que o cara ficava torto por causa do choque térmico. Contava a história da mulher que saiu do banho pra pegar o galo que fugiu e depois disso ficou paralítica, não prestou pra mais nada. Ficou tola, tola.

Essas perebas que só dão nos outros.

X

Acordei com a mão no pau e fui mijar no banheiro coletivo. Eu tava sozinho, por isso resolvi tomar uma ducha rápida. Durante o banho, me dei conta da toalha, não cheguei a pegar com os caras e também não coloquei nenhuma na mochila quando saí de casa. Usei a de rosto pra me secar. Voltei pro quarto e fui acender um cigarro, mas meu estômago roncou de fome. Desisti e fiquei na janela vendo as pessoas esperarem o ônibus do outro lado da rodovia. Já era quase oito da manhã. Meu pai trabalhava. Meu irmão e a guria dele tavam em algum lugar desse mundo cão.

Era hora de deixar o quarto, comer alguma coisa e procurar pelo estúdio. Os dois caras tavam lá embaixo com a fuça toda caída como se tivessem passado a noite fechando porrada.

"Bom dia." Entreguei as chaves "Cês ficam quantas horas aqui?"

"Doze."

"Todo dia?"

"Os culpados dormem, mas os que sentem a culpa não acordam."

Não entendi o que o maluco quis dizer, deve ter tirado de algum rap. Ainda prefiro o meu: A vida é como é porque as coisas são como são.

Fiz um palheiro pra cada um. Metade do dia ali, mais o tempo até chegar em casa, mais umas seis ou oito horas de sono. E o resto? E a vida? E ainda precisa sobrar tempo pra família. Esse negócio de viver tá cada dia mais complicado.

Cheguei na rodovia. O frio era de arder o nariz e ficou pior com o vento dos caminhões passando a toda. Foi quando percebi ter esquecido também a touca em casa. Tinha uma grade no meio da estrada impedindo de atravessar, então continuei andando e logo encontrei uma oficina. Perguntei pro mecânico como podia fazer pra chegar do outro lado. "É só seguir em frente e passar pelo túnel."

Joguei o skate no chão, montei e segurei a alça da mochila. Peguei impulso e segui por quase dois quilômetros até encontrar o túnel empoeirado, pichado e com uma meia dúzia de mendigos escondidos em cobertores pra cachorro. Uma placa indicava ser o bairro Ipiranga.

Pulei do skate e perguntei prum frentista onde eu podia tomar um café. Indicou a padaria depois da escola. Porra, pra qualquer coisa é sempre uma distância do caralho. A rua tinha um acostamento todo porco e precisei seguir caminhando. Eu tava parecendo aqueles mórmon que liga o motorzinho no cu e sai carregando o cadáver dos sete anões na mochila.

Entrei na padaria. Na real, era uma lanchonete que vendia pães. Sentei na cadeira de frente pro balcão e larguei minhas coisas. Fez um barulho de algo quicando no chão. Deve ser o skate. O cara de ranho atendia no balcão e também no caixa.

"Bom dia. Me vê um café preto sem açúcar e duas coxinhas. Tem uma lista telefônica pra emprestar?"

O lance de eu gostar de café preto sem açúcar é outra prosa que um dia eu conto.

Lá tava eu enchendo a barriga e procurando os estúdios pra entrar em contato. Era quase trinta telefones na lista. Não podia ser. Algo tava errado. Se eu fosse copiar tudo, podia pedir pro cara de ranho fazer o almoço.

"Essa lista tá pra venda?"

"Se eu vender, o patrão me come o cu."

Rasgar a folha ia fazer barulho. Saquei o canivete e puxei a lâmina. Pedi um x-burguer pra viagem.

"Se alguém aparecer," disse ele "aperta a sineta pra mim?"

"Pode deixar."

O cara de ranho foi fazer meu lanche. Dei um talho na folha, arranquei e guardei no bolso. Encontrei o mapa dos bairros no início da lista, mas eram muitos, então deixei quieto pro cara de ranho não perder as pregas. Quatro operários chegaram. Apertei a sineta. O cara de ranho colocou a cabeça de jaca pra fora da janela da cozinha e nem fez questão de disfarçar o desespero.

"Pode atender eles primeiro. Não tô com pressa."

Vinte minutos depois guardei meu lanche na mochila. Esperei o movimento acalmar e comprei mais um cartão telefônico pra garantir e deixei o troco pro cara de ranho.

"Teu patrão não pensa em contratar mais um?"

"O desespero tá maior que o desemprego."

O pessoal daqui deve curtir um rap nervoso mesmo.

Atravessei a rua e fui pro telefone na frente da escola. Liguei pro primeiro, era só gravação profissional. Na segunda era estúdio de ensaio.

"Alguma banda chamada Cães de Guerra esteve aí num sábado de manhã do mês passado."

"Fim de semana a gente só abre de tarde."

Liguei pra quase uma dúzia de estúdios e nenhum me deu aquela tetinha de esperança. Eu tava quase torrando o primeiro cartão e uma fila formava atrás de mim junto com os murmurinhos. Fui procurar por outro telefone. Encontrei um no posto de gasolina. Era péssimo de conseguir falar e de ouvir porque ficava na frente da rodovia.

"Alguma banda chamada Cães de Guerra ensaiou aí num sábado de manhã do mês passado?"

"Não tenho como te responder porque quem resolve isso é o meu chefe."

Pedi pra confirmar o endereço do estúdio. Era no centro da cidade. Desliguei e fui pros próximos da lista. Só mais um abria no sábado de manhã, mas ficava no sul da ilha. Sublinhei como última hipótese, mesmo sabendo que meu irmão não sairia do norte só pra ensaiar. Haja gasolina.

Corri e consegui pegar o ônibus na entrada da rodovia. O motorista parou fora do ponto e abriu a porta pra mim. Perguntei se ia pro centro.

"Logicamente."

Entrei.

"É que sou de fora. Não conheço nada por aqui."

"Com esse sotaque de manezinho?"

É... dessa vez não deu.

Fui pro fundão. Do meu lado, dois filhotes falavam sobre Nostradamus ter previsto a derrota do Brasil pra França. Liam o texto em tom um pouco alto, como se pra encontrar quem concordasse. Eu podia ouvir a merda toda numa boa, mas os filhotes queriam ir fundo. Começaram a analisar todos os versos da profecia encontrada na internet.

Prosa ruim. Nota: 4,4. Com agravante de notícia falsa.

"Loucura isso daqui, né, irmão?" perguntou um dos filhotes pra mim.

"Sei lá. Só espero que a gente nunca mais tome uma sacola dessas na Copa." Pus o fone e liguei o walkman.

Cheguei no centro. Entrei na banca em frente ao ponto de táxi e perguntei pela rua. Na real mesmo, eu tinha esquecido parte do endereço, mas o jornaleiro completou e me indicou. Pra cada canto que vou preciso de alguma coisa pra continuar meu caminho. Eu tava era todo fudido na fita e só agora percebi. Fiz as dobras indicadas pra chegar no destino e ainda assim me sentia perdido.

Na rua avistei quatro caras retirando os instrumentos do porta-malas de um Corsa verde. Perguntei pelo estúdio. Tavam indo pra lá. O que carregava os pratos apertou a sineta. Quando o cabelinho de Kurt Cobain abriu a porta, ouvi um rock abafado rolar numa sala adiante. Entramos. Os caras cumprimentaram o Kurt e sumiram no corredor, ficando só eu e ele ali.

"Acho que foi contigo que falei agora há pouco." Desdobrei o cartaz da banda "Eu precisava do contato desse pessoal."

Kurt fez uma cara de peido, mas eu tenho a técnica de tocar no coração do vagabundo. Peguei a foto do casal e mostrei.

"Estão desaparecidos."

"Vou ficar te devendo essa, amigão."

"Eu já procurei por tudo. Tu é a minha última esperança."

O Kurt vai amolecer, ele tem cara de quem vê filme americano. E americano adora ser a última esperança.

"Mas como vou poder te ajudar?"

Tá com o ouvido na bunda, seu filho da puta? Falei que preciso da porra do contato.

"A minha mãe colou cartaz em tudo quanto é lugar. Ela tá com depressão e ainda precisa cuidar da minha vó que tem demência. Procurei por ele até no IML." Esfreguei a mão na testa "Vê na ficha. A banda se chama Cães de Guerra. Eles ensaiaram aqui no mês passado. Até gravaram um CD e tudo. Olha bem." Aproximei a foto "Não lembra desse cara? Ele toca guitarra."

"Então, amigão, o problema é que não é política do estúdio passar o contato dos clientes."

Respirei fundo e deixei os ombros caírem.

"Tudo bem." Guardei a foto e o cartaz "Posso pelo menos usar o banheiro? Tenho que aplicar a insulina."

"Claro. Fica na paz."

Fechei a porta, larguei a mochila e parei em frente ao espelho. Apertei os olhos esfregando os punhos na vista. Fiz por tempo suficiente pra deixar a baga vermelha. Abri a torneira e lavei o rosto. Depois sequei só os cantos e esperei os olhos pesarem.

Saí cabisbaixo. O Kurt percebeu minha cara fudida e aproximou.

"Queres um copo d'água, amigão?"

Aceitei.

"Me desculpa." Bebi "Não tá sendo fácil pra mim. Eu só precisava que o meu irmão aparecesse pra acabar com esse inferno que eu tô vivendo."

Queria que lágrimas transbordassem. Ia quebrar o vagabundo no meio.

"Vai dar tudo certo."

"Não tenho certeza. Saí da escola e do meu emprego pra procurar o meu irmão. E tem a namorada dele, que também sumiu. A família dela cobra de mim. Até mataram o meu cachorro..."

"Que filhos da puta, amigão."

"Eles me agridem sempre que volto pra casa."

"E o teu pai não faz nada?"

“Meu pai morreu atropelado. E a minha mãe me odeia. A única pessoa que restou me odeia. Eu só queria dormir e nunca mais acordar.”

“Tua mãe não te odeia, amigão. Ela só tá com depressão.”

Putz. É mesmo. Tinha até esquecido dessa lorota.

“Eu sei que tu não pode me ajudar, mas só de saber que tás dando um pouco do teu tempo pra me ouvir, já dá esperança pra seguir em frente.”

“Eu vou te ajudar sim.”

Isso, seu trouxa, cai na minha. É Tetra, porra. É Tetra. Sequei as lágrimas que não tinha.

“Mas não vai dar problema pra ti?”

“É só ninguém ficar sabendo, amigão. Teu irmão teve aqui num domingo de tarde. Queria vender uma guitarra e um amplificador. Meu patrão comprou o amplificador dele. Não quis a guitarra porque já tinha bastante aqui no estúdio. Ele tentou vender outras coisas. Falei pra ir no Paulinho do móveis usados. Dá uma olhada lá, amigão. É aqui na rua de trás.”

“Tava sozinho?”

“Tava.”

Talvez a Denise tivesse esperando no carro.

“E tu consegues pra mim o telefone da banda?”

Kurt abriu a gaveta da escrivaninha e puxou a agenda. Folheou. Tava lá o nome Cães de Guerra e o número do telefone. Do lado do número, entre parênteses, tava o nome André. A pessoa que marcou, disse Kurt.

"Só não posso te liberar o telefone pra ligar pra lá porque se o cara tiver bina, vai pesar pra mim. Consegues copiar?"

Me conseguiu uma caneta e um pedaço de papel.

"Salvasse a minha vida."

O paspalhão ficou todo cheio de si e veio me abraçar como quem diz: a vida continua.

Aceitei a convenção.

Deixei o estúdio e fui na reta de um telefone no fim da rua.

Então meu irmão tava desfazendo das coisas. Se precisava tanto assim de dinheiro, podia ter pedido pro nosso pai.

"Pedaço de mau caminho. Quer conversar um pouco?"

Demorei a entender que a mulher falava comigo. Era uma senhora de óculos. Devia ter três vezes a minha idade.

É guri pequeno, disse a amiga do lado. Toma vergonha na cara, puta velha.

E riram.

Esperei um maluco com braço de jiboia largar o telefone e coloquei o cartão. Tinha poucas unidades. Liguei. Quem atendeu foi uma senhora.

"Quer falar com quem?"

"Na casa da senhora tem algum André que toca em banda?"

"Da casa de quem?"

"Da senhora."

"Eu não tô te escutando, meu querido."

"Tem algum André que toca em banda?"

"Banda?"

"Isso."

"Quem tem banda?"

"Posso falar com o André?"

"Ai, querido, eu ainda não tô te ouvindo. Vou passar pro meu filho. Só um minutinho, tá?"

Levou mais de um minuto e lá se foi o segundo crédito na ligação. O cara atendeu.

"André?"

"Quem que tá falando?"

"Meu irmão tocou guitarra contigo no Cães de Guerra."

Pausa pro bote.

"Teu irmão? Diz praquele pau no cu que se aparecer aqui de novo, vou dá uma cotovelada na cara dele."

E desligou. O primeiro cartão foi pro saco.

Vou resolver outras coisas e depois ligo pra esse maluco de novo.

Atravessei a rua pras mulheres não mexerem comigo. Cheguei perto do começo, voltei pro mesmo lado e entrei na rua de trás. Passei por um buteco e depois já era o Paulinho Móveis Usados. Um senhor todo redondo tava no balcão sintonizando um rádio de pilha. Mostrei a foto do meu irmão. Nem precisou de esforço.

"Teve num domingo. Aqui fica aberto só até sábado de tarde. Quase derrubou a porta de tanto bater."

Olhei pros eletrônicos empilhados em cima dos móveis. Era uma bagunça do caralho.

"O senhor mora aqui?"

"Na parte de cima."

"Pode contar toda a história? É muito importante pra mim. Ele tá desaparecido e qualquer detalhe vai fazer a diferença."

"Poxa, que triste. Posso sim. Hoje o movimento tá tranquilo. Eu tava assistindo TV quando bateu aqui."

"Que horas era?"

"Não sei, mas foi depois do meio-dia. Uma e meia, eu acho. Aí ouvi uma batida na esteira. Não me levantei porque de vez em quando algum pirralho bate e sai correndo. Mas o guri não parava mais de bater, aí fui na sacada e perguntei o que queria. Falou que tava se mudando e precisava vender tudo."

"Ele tava sozinho?"

"Se tinha alguém, tava dentro do carro. Mas não vi, porque eu tava na sacada."

"O senhor comprou alguma coisa dele?"

"Não compro e nem vendo nada no domingo, mas tinha uns negócios bons por um preço que não dava pra deixar passar. Fiz um cheque."

"O que foi que ele vendeu?"

O senhorzinho saiu do balcão e deu uma olhada na bagunça.

"Essa TV aqui. E vendeu aquele aparelho de som com as caixas."

"Alguma guitarra?"

"Tentou, mas não entendo nada disso, então nem comprei. Não sabia se valia a pena. Ofereceu também uns discos e umas camisas de banda de rock, mas eu não quis. Não tem muito giro por aqui."

Agradeci e fui pro telefone de novo. As mulheres perguntaram se ali era passarela pra ficar desfilando. Não dei bola, mas comecei a me irritar. Coloquei o segundo cartão.

"André. Por favor, não desliga. O meu irmão sumiu..."

"Eu sei, eu vi no poste."

"Só diz que horas ele apareceu aí. Foi depois da uma e meia?"

"Foi."

"E sobre o que cês conversaram?"

"Ah, não fode, porra."

O desgraçado desligou de novo. Bicho grosso do caralho. Só de raiva, vou comer o cu dele. Liguei, mas não chamou, tava ocupado. Esperei mais cinco minutos. Ocupado. Dez minutos depois, ocupado. O filho da puta tirou foi do gancho. Vou encontrar esse merda e encher de bomba na cara. Sou muito bonzinho, mas não pisa no meu calo.

Sentei no meio-fio, abri a mochila, peguei o saco de palheiro e joguei na seda. A mulher de óculos veio na minha.

"Querido, vai fazer isso em outro lugar."

"É cigarro."

"Não interessa, meu anjo. Quem vê, não vai perguntar o que é. A gente não quer incomodação pro nosso lado."

Atravessei a rua, sentei no meio-fio e fiz o palheiro na frente de uma assistência técnica. Alguém no fundo da loja gritou que chamaria a polícia. Fechei o cigarro, acendi e voltei a atravessar a rua. Eu tava parecendo um bonequinho de jogo do Atari.

"Meu anjo, é sério?" apontou pro meu cigarro.

"Se alguém vier, eu assumo a bronca." Traguei.

"Vais dizer que a gente não tem nada a ver com isso?"

"Lógico. Só vou ligar pra minha guria e já tô indo embora."

Liguei. Continuava ocupado.

"Não é mais fácil tu ir na casa dela, meu anjo? Tás aí há quase uma hora tentando."

"Não sei onde ela mora." Traguei.

"Vixe... Que namorado de merda que tu és? Se quiser fazer uma surpresa, vai fazer como?"

Liguei de novo. Chamou.

"Alô?"

"André..."

"Para de ligar pra cá, seu filho da puta."

Desligou.

Eu vou mesmo comer o cu desse cara.

"Tua namorada se chama André?" a mulher riu.

"É história longa. Eu preciso encontrar esse boca de fimose. Tá me devendo uma grana."

"Deixa eu ver o número."

"Pra quê?"

"Deixa eu ver, meu anjo."

Mostrei o papel.

"Vixe... Tá longe."

"Como assim? Como que tu sabe?"

"Os três primeiros números são 266. Isso é pro norte. Ele mora em Canasvieiras."

E ainda dizem que filho de pobre não tem sorte. Abri a carteira e ofereci duas notas de um real pra mulher.

"Que isso?"

"É pela informação."

"Tá pensando o quê? Eu sou puta, não sou filha da puta."

Guardei as notas.

"Foi mal."

"Vai ti embora, vai." Virou as costas e voltou pro mesmo canto.

Agora eu preciso pegar um ônibus e procurar pelo vagabundo. Não deve ser difícil. Na pior das hipóteses, volto a ligar pra ele. Na real, vou ir de táxi. Alguns conhecidos pegam o Canasvieiras pra descer no bairro onde moro. Acenei pra me despedir do Paulinho do móveis usados, mas ele não percebeu. Vi o carro dos caras da banda que entraram comigo e pensei em pedir uma carona. Esperei por um pouco mais de trinta minutos até começarem a sair do estúdio.

"Sabem aonde consigo um táxi?"

"Desce na próxima esquerda..." disse o que carregava os pratos "e segue reto toda a vida. Tem um ponto de táxi no lado do Mercado Público."

Mostrei a foto do meu irmão. Eles não conheciam. Agradeci e me ofereceram carona. Era a mesma direção, mas parariam um pouco antes, no Santo Antônio. Aceitei, é claro. Me espremi no meio do banco de trás e pus a mochila no colo.

"Consegues contribuir pra gasosa?" perguntou o motora.

Dei as duas notas de um real que eu ia dar pra mulher.

"Tocas também?" o cabeludo do meu lado me perguntou.

"Só punheta."

O cabeludo do outro lado foi rir e acabou se peidando todo. Cu frouxo do caralho.

O baterista acendeu um baseado e passou pro motora. Quando chegou a minha vez, o cabeludo pediu pra mim não babar no papel.

"É só puxar, prensar e mandar pra cabeça", disse o outro cabeludo.

Eu fiz e tossi na primeira. Não tava acostumado com o tipo de fumaça. Passei pro cabeludo e desejei ter um emprego pra comprar um carro daquele tipo. Teria de trabalhar uns cinco anos pra conseguir a grana. O motorista não devia ser muito mais velho que eu, talvez uns quatro anos. Eu queria saber como conseguiu a caranga, então perguntei o valor, na moral.

"Não sei. Meu pai deu de presente quando passei no vestibular."

O baseado chegou em mim de novo. Puxei e passei. O baterista disse pra mim tomar cuidado pra não puxar forte e acabar desmaiando.

Maconha me lembra a escola. Todo ano eles passavam na sala o filme Diário de um Adolescente, só pra ver se o pessoal parava de fumar atrás do muro.

"A banda existe há quanto tempo?"

"Uns dois meses. Tu ainda vai ouvir falar muito na gente. Arquitetos da Ilha."

"O nome é massa."

"É que a gente estuda Arquitetura e formamos a banda na sala."

Então deveria ser Arquitetos da Sala.

Durante a viagem, os caras viram cinco outdoors do vereador da voz fina felicitando o dia do comerciante e questionaram se vinha de dinheiro público ou se saía do salário dele. "Capaz de um bicho desses ainda virar prefeito." A partir daí começou uma longa conversa sobre os gastos, e que a reforma da ponte ia levar mais uns vinte anos, e que a poluição na praia da beira-mar era por causa do esgoto irregular...

Eu não entendia bulhufas disso. Sempre achei que esgoto, por ser uma palavra feia, já fosse irregular. A ponte tava em reforma há quase dez anos, mas daí o cara achar que levaria mais duas décadas já era muita chapaceira.

Passamos a hípica e fiquei atento pra ver quando chegássemos na frente da rua de casa. Mas quando chegamos, não vi ninguém. Uns cinquenta metros depois, quase na entrada do Cacupé, tava o Cobrador carregando uma sacola de pão, o braço direito todo enfaixado e a cabeça também. Puxei e passei o baseado.

Desci na entrada do Santo Antônio.

"Se eu for a pé até Canasvieiras, vou demorar muito?"

"Cara, não compensa, vais andar uns dez quilômetros. Caminhando vai dar bastante tempo."

Sem chance. Coloquei a mochila nas costas e olhei ao redor. Atrás de mim tava um antiquário. Não entrei, só vi os objetos pela vidraça. Tinha máquina de escrever, geladeira, livros, brinquedos de madeira...

Parei no canteiro de brita e olhei pro horizonte. No prédio em construção, um operário arremessava os tijolos pro outro do andar de cima. Se eu fosse maior de idade, podia alugar um quarto e trabalhar com aqueles caras. Ia passar o domingo tomando vinho, fumando cigarro e batia uma nervosa pra Luizinha da banheira.

Um táxi abastecia no posto. Atravessei a rua e corri pra alcançar o carro que já tava saindo.

"Preciso ir pra Canasvieiras."

"Entra aí."

Fui pro banco de trás. Pedi pra me deixar no meio do bairro. Coloquei o fone e liguei o walkman, não tava a fim de trocar ideia. Mas o maluco cagou e andou pra parada. Ficou falando o tempo todo e tive de apertar o pause pra ouvir o fim de cada frase. Me ofereceu colírio, "teu olho tá vermelho".

"É o vento."

"Não é, não. Tás chapado da maconha. Dá de sentir o cheiro daqui. Usa aí."

Nunca usei colírio. Pinguei e não senti diferença alguma, assim como não senti a chapaceira. Mostrei a foto do meu irmão pro taxista, o maluco nem olhou direito.

"Sabe por que as pessoas tão sumindo?" perguntou, mas nem tive tempo de responder "Tão sendo sequestradas. O pessoal fala de máfia de traficante de órgãos, tipo a daqueles médicos de Taubaté. Tão tudo enganado. Eu li um livro muito bom que explica que a galera tá sendo sequestrada por nave espacial. Pode ver que é sempre a mesma história, a pessoa some e ninguém viu sumindo. Por quê? Foi abduzido. Os ETs tão fazendo uma colônia tipo a Arca de Noé. Pegam as melhores pessoas e colocam na terra deles. O mundo vai passar por uma transformação e aí esse pessoal vai voltar pra nossa raça continuar. O que tu achas?"

Prosa ruim. Nota: 3,1. Pitadas de teoria da conspiração.

"Acho que a vida é como é porque as coisas são como são."

"Hã? O que isso tem a ver com o que eu falei?"

"Nada não."

Fechei os olhos e fingi tirar um sono. O vagabundo resmungou alguma groselha e calou. Um tempo depois deu uma freada que me fez acordar no susto.

"Chegamos, gurizão."

O táxi custou oito vezes mais que a passagem de ônibus. Paguei, deixei ficar com o troco e desci. Eu tava na estrada principal, a poucos metros da praia. Quase não passava carro.

Entrei numa rua de lajotas e fui até um restaurante. Era lugar pra bacana de canela pálida.

"A cozinha tá fechada." disse o cara no caixa quando entrei.

"Só vou pegar uma água."

Assentiu. Peguei duas garrafinhas pra garantir e passei. Paguei e mostrei a foto do meu irmão.

"Já vi."

"Aqui pelo bairro?"

"Na TV. Uma senhora tava procurando a filha dela e mostrou essa foto."

Não fode, porra.

"Conheces algum André? Músico que mora aqui pelo bairro?"

"Qual instrumento ele toca?"

"Não sei."

"E como ele é?"

"Também não sei. Só sei que é músico e mora aqui em Canasvieiras."

"Aqui não é Canasvieiras. Aqui é Ponta das Canas."

Taxista filho da puta. Jamais vai entrar na Arca.

XI

Sentei na calçada que levava pra praia. Queria descansar os pés, tava doendo de tanto ir prum lado e pro outro. Ouvir o som das ondas e ver os pescadores nos barcos deu uma falsa sensação de tudo estar bem. Eu precisava procurar por algum lugar que vendesse comida de verdade, mas bateu a lomba e subi o primeiro degrau da calçada. Ajeitei a mochila pra usar como travesseiro e tava pronto pra me estirar quando lembrei do x-burguer do cara de ranho. Ficou meio amassado e com alface querendo fugir. Dei a primeira mordida e um vira-lata preto apareceu do meu lado com a boca aberta. Até tentou conter a saliva enquanto olhava pro lanche, mas acabou se babando todo. Parti ao meio, tirei do plástico e ofereci. Diferente do Tobias, que costumava pegar com cuidado, o bicho abocanhou sem se preocupar com meus dedos. Afastou um pouco com o lanche na boca, largou no gramado e ficou ali comendo.

"Sai da frente", gritou alguém.

Me virei.

Um boi corria em minha direção pela rua. Atirei a mochila na areia, me joguei no gramado e agarrei o cachorro. O boi tropeçou na calçada e rolou até chegar na costa da praia. Se ajeitou e correu levantando uma chuva de areia. "Pega. Pega.", gritou um grupo de quase dez pessoas correndo atrás do animal. Um guri de uns vinte anos tentou laçar o boi e não chegou nem perto. Continuaram a correr pela praia atrás do animal. O coração do cachorro batia acelerado.

"Tá tudo bem, campeão." Tentei acalmar o vira-lata. O bicho não parava de tremer.

"É a farra." disse a mesma voz que me alertou.

Era um senhor de uns cinquenta e poucos anos. Aproximou segurando um jornal. A calça de evangélico tava desbotada e o terno um pouco velho.

"Gostou do Mandrake?" apontou pro cachorro.

"Só peguei pra proteger do boi."

"Eu sei." Sorriu.

Nem vou dar trela pra esse cueca mijada. Levantei. O Mandrake foi comer meu outro pedaço do lanche caído. Sacudi a mochila e tirei um pouco de areia da minha roupa.

"O amigo é novo no bairro? Nunca te vi."

"Não moro aqui. Tô procurando meu irmão."

Mostrei a foto, mas o mendigo não sabia nada.

"Qual a sua graça?"

"Como assim?"

"Qual o seu nome?"

Fala que nem gente, porra. Não fode. Vou dar um perdido nesse mendigão do caralho.

"Astrogildo." Respondi.

"O meu é Ulisses."

Baixei a cabeça quando o vagabundo veio estender a mão pra me cumprimentar e puxei o palheiro. A convenção que se foda.

"Astrogildo, não és muito novo pra fumar?"

Puta merda. É mais um polenguinho pra me encher o saco.

"Tenho dezoito. Sabe onde tem um orelhão por aqui?"

"Sei. Tô indo pra lá."

Tá, depois eu dou um perdido nesse porra.

Ulisses colocou uma coleira feita de fio de antena no Mandrake e fomos pela estrada principal. O cara carregava nas costas uma mochila rosa de ensino fundamental com o feixe todo isteporado. Quis saber como meu irmão sumiu. O trajeto até o telefone era longo o suficiente e deu tempo pra contar toda a história... com pitadas de ficção, é claro.

Tirei o telefone do gancho e coloquei o cartão.

"Espera." pediu Ulisses "Se esse tal de André desligar, que nem você falou que ele fez das outras vezes, não vais conseguir o endereço."

"Mas eu não tenho outra opção."

"Eu te salvo dessa e você toma um café comigo."

Se esse maluco vier de viadagem, vai ser só bomba na cara. Comigo é preto no branco.

Segurei a coleira e passei o número. Ulisses pegou o telefone e discou. Se apresentou como repórter, pediu alguns dados e disse que pretendia fazer uma matéria sobre os problemas de cada bairro do norte da ilha.

"Dona Jussara, o que falta hoje na rua da senhora?... Na rua da senhora... Calçamento? Em qual rua a senhora mora?... Eu perguntei em qual rua a senhora mora." Ulisses tirou a mochila das costas, pegou uma caneta de dentro e escreveu na palma da mão "... Certo. Eu posso ir na residência da senhora hoje para gravarmos o seu depoimento?... Ah, entendo. E amanhã?... Sim? Que ótimo. Qual seria o número da residência?... O número, senhora Jussara... Não. O número do telefone eu já tenho, agora eu preciso do número da residência."

Se despediu e desligou.

"Ela disse que vai pra missa mais tarde e não vai ficar ninguém em casa, mas amanhã tudo bem."

Saquei cinco pila. Era mais do que o mendigão precisava pro café.

"Eu disse que te salvava e você tomaria um café comigo."

"Tá certo." Guardei o dinheiro.

Passamos pela praça e seguimos até uma encruzilhada, depois viramos na esquerda. Ulisses queria saber quando eu voltaria pra casa. Não pretendo voltar, respondi. Paramos em frente a uma padaria cheia de bolos e salgados na vitrine. Eram tão bem feitos que pareciam fotos prum comercial. Mesmo a gente do lado de fora, os clientes nos olhavam como se fôssemos baratas voadoras no quarto.

"Esquece, Astrogildo. Isso é lugar pra outro tipo de gente. Só costumo parar para olhar o bolo de chocolate com nozes e depois vou embora."

Uns duzentos metros pra frente e chegamos na nossa padaria, quase no fim da rua. Ulisses amarrou o Mandrake no poste e entramos. Pedi dois cafés sem açúcar e dois mistos. Sentamos na mesa de frente pra janela, bem próximos do Mandrake.

"Já tem lugar pra dormir?"

"Vou procurar algum hotel."

"Hotel aqui no norte é muito caro. Teu dinheiro vai embora logo, logo."

"Moras aqui pelo bairro?" perguntei.

"Moro na rua."

Eu já sabia. Só fiz pro teatro não morrer.

Nosso lanche chegou. Ulisses partiu um pedaço do misto-quente e jogou pro Mandrake. Não era muita coisa, por isso resolvi fazer o mesmo.

"Teu pai sabe que você tá aqui, Astrogildo?"

"Não... e meu nome é Samuel."

"E por que mentiu?"

"É que fugi de casa, então não posso dar bandeira."

"Não é, não. Mentiu porque pensou que não ia precisar de mim. É melhor ligar pro seu pai, pelo menos pra ele saber o que você tá fazendo."

"Não tem telefone na minha casa... agora eu tô falando a verdade. Até pensei em ligar prum vizinho nosso, mas... enfim."

Desamarramos o Mandrake e caminhamos até a praça. Ulisses conhecia o bairro e eu precisava disso pra sobreviver por esse dia. Sentei no banco do xadrez e fiz um palheiro pra mim. Ele sentou no chão e encostou as costas num coqueiro. O cachorro rolava pelo gramado sem sair de perto da gente.

"Moras aqui no bairro há muito tempo?" perguntei.

"Uns oito anos."

Tossiu de leve e aumentou aos poucos até a tosse parecer um engasgo. Cuspiu e disse que tava tudo bem. Um pequeno caminhão passou na rua. Na carroceria tava o boi laçado e o grupo de pessoas. Gritavam como se fosse a conquista de um título. Dois garotinhos apostaram corrida com o caminhão e venceram por pouco tempo.

Não sei se foi o animal condenado ou o Mandrake erguendo a pata pedindo por carinho, mas pensei no Tobias. Minha mãe falava que a justiça de Deus não falha. Ela usava esse papinho pra tudo que achasse melhor esquecer ou quando sabia não haver punição. Justiça de deus é o caralho. Se um verme rasteja na terra, é na terra que deve ser esmagado. E de onde tô, nesse momento, só resta desejar que o Cobrador morra preso nas ferragens de um carro em chamas.

Liguei o walkman depois de Ulisses adormecer. O frio incomodava minhas costas, então tirei a jaqueta jeans e vesti um moletom mais quente. Fui ajeitar a mochila e o shape acabou batendo no pé dele.

"O que tá ouvindo?" perguntou.

"Metallica."

"Já ouviu Belchior?"

"Isso é o quê? Só escuto rock."

Não respondeu. Levantou como quem tá pra perder o ônibus e tirou uma fita K7 da mochilinha rosa. A capa era um bigodudo de camisa branca e com os braços cruzados. Suficiente pra ser música de gente porre. Eu queria só ficar de boa, ouvindo o solinho de The Unforgiven, mas o maluco sacou a porra da fita e pediu o walkman emprestado. Ficou rebobinando e dando play. Não rebobina muito, caralho. Isso gasta pilha. Colocou pra tocar. Ficou com um lado do fone e colocou o outro lado no meu ouvido.

"Essa é a música da minha vida."

O negócio não era ruim não. Gostei da voz do bigodudo e do lance de cortar a carne de vocês.

Era mais de onze da noite quando chegamos no posto de gasolina. Foi uma pernadinha, essa porra ficava quase na boca da rodovia. As lâmpadas tavam apagadas e só se enxergava uma pequena iluminação que vinha da tela da TV que o vigia deixou em cima do balcão de gelo. Nos afastamos e fingimos procurar por latinhas, até os funcionários irem todos embora. Aproveitamos a oportunidade e aproximamos.

Me apresentou pro vigia, um senhorzinho com a cara toda chupada, parecia até com um outro senhorzinho, aquele da campanha contra a fome.

"Primeiro vai você." disse Ulisses abrindo a porta do banheiro "Não pode passar de cinco minutos. O chuveiro tá queimado. Tens sabonete e toalha?"

Eu só tinha sabonete. Deu a ideia de eu me secar na roupa que eu vestia. Apertei o interruptor. A lâmpada tava queimada. A vontade de tocar uma punhetinha era grande, mas o tempo era curto e a água tava gelada. Só ensaboei o pau, o suvaco, o pescoço e a bunda. Estufei a mandíbula e me encolhi pra suportar o frio enquanto tirava o sabão do corpo. Ao sair, nem parecia tão frio lá fora. Segurei o Mandrake pro Ulisses entrar. Levou um pouco mais de tempo, pois precisou secar o banheiro com o rodo. A sorte foi o vigia não abrir a boca pra falar comigo. Cê sabe, não curto trocar ideia com quem não conheço.

Ulisses deixou a janela do banheiro aberta pro vento secar o chão mais rápido e entregou a chave pro senhorzinho. Agradecemos e voltamos pro bairro. O palheiro tava na estica. Preciso comprar mais amanhã.

"Tá a fim de um rodízio de pizza?" perguntou.

"Olha, a fome é grande, mas já gastei muito. Vou dar um tempo."

"Não se preocupa com isso."

O bairro ficava deserto no fim da noite. E eu achava que só na minha área era assim. De vez em quando até os barrávamos com um ou outro fudido, mas nada além disso.

"Uma noite sim e uma noite não eu durmo aqui." Apontou pra uma loja de material de construção.

"E o vigia deixa de boa?"

"O da Noite Sim, sim. O da Noite Não, não."

"É... percebi que a galera daqui parece ser de boa contigo."

"Depois que queimaram o índio, o pessoal ficou mais comovido. Daqui a pouco passa."

Atravessamos a rua. A pizzaria ficava na frente da loja de material de construção, mas tava fechada, pro nosso azar.

"Tem algum outro lugar aberto a essa hora?"

"A gente veio no melhor horário. Espera aqui. Se vir gente, você assobia."

"Mas eu não sei assobiar."

"Tu vai saber dar um jeito."

Segurei o Mandrake enquanto Ulisses deu a volta e foi por trás da pizzaria. O maluco ia arrombar o lugar. Eu não queria polícia e nem ninguém correndo atrás de mim. Só queria encontrar logo o porra do meu irmão.

Dois caras surgiram pequenos no fim da rua. Tavam longe, não dava pra ver muito bem, mas pareciam ser mais velhos que eu. Pararam embaixo de um poste. Um deles apontou na minha direção e de repente os dois começaram a disfarçar procurando algo no meio-fio. O Vigia da Noite Não tava na guarita e nem importou com a minha presença.

Ulisses surgiu da escuridão capengando com o peso de um enorme saco preto de lixo que carregava no colo. Corri pra ajudar ele e o Mandrake veio junto.

"É dinheiro?"

"Melhor que isso. É pizza."

Quando dobramos pra entrar na praia, ficamos próximos dos dois jovens. Já não disfarçavam mais em tentar roubar fio do poste. Acenaram pro Ulisses e ele acenou com a cabeça. Seguimos pela costa. Fazia um frio do caralho. O solo era macio pra caminhar e duro pra não afundar o pé e nem ficar andando como se tivesse escorrendo merda pela perna. A maré tava alta e precisamos desviar dos barcos parados na areia.

Pegamos uma trilha de pedras. O caminho era escuro e novo pra mim. Torci de leve o tornozelo sem deixar a sacola cair. Pra não pisar em falso, segui pelos lados em que Mandrake me guiava. Quando a trilha inclinou, entramos num matagal levando pra outra trilha e logo távamos na frente de uma casa de madeira.

Ulisses bateu várias vezes na porta. O cara demorou. Pelo barulho parecia tentar girar a chave na fechadura. O vagabundo abriu todo torto e lembrava o Leôncio do Pica-Pau. Logo depois, sem dizer nenhuma palavra, voltou zumbizando pro quarto de onde provavelmente tinha saído. "Tá bêbado. Amanhã eu te apresento ele." A única luz na casa vinha do quarto do Leôncio, mas depois de fechar a porta ficamos na escuridão.

Ulisses largou a sacola e acendeu a luz da cozinha no interruptor ao lado da geladeira. Tive um breve alívio por não estar na rua e feliz por ver um maço de cigarros na mesa. Pegou os pratos e tentou lavar na torneira. Não tinha água. Passou um pano e tudo certo. As fatias tavam espalhadas uma em cima da outra. Eram vários sabores misturados e algumas até mordidas. Lembrei de quando vi o documentário Ilha das Flores e da vez que vomitei depois de comer estrogonofe de carne enquanto assistia ao Três Solteirões e uma Pequena Dama.

Aquilo era nojento, meu amigo. Aquilo era realmente nojento.

"Não tô com fome, não. Vou deixar pra amanhã."

"Tem certeza? Eu peguei pra gente."

"Tenho sim. Acho que vou dormir um pouco."

Me levou até o quarto. Só tinha um colchão jogado no canto e algumas sacolas penduradas no teto. Larguei a mochila e fechei a porta. Coloquei o canivete no bolso, caso os caras tentassem comer meu cu de madrugada. Era a minha segunda noite de barriga vazia.

Ulisses bateu na porta e jogou um cobertor fino pra mim. Não salvou do frio, porque o negócio tava foda mesmo, mas ajudou. Deixei a luz acesa e dormi.

Despertei no meio da noite, depois de sonhar que chutava uma mulher grávida pra fora da carroceria da picape do Buba.

Fiz um palheiro, fumei e voltei a capotar.

XII

Era quase oito da manhã quando acordei com o cheiro de café sendo passado. Escutei a voz do Leôncio, mas não ouvi a do Ulisses. O maluco tava falando sozinho, todo indignado por morar numa ilha e não ter água. Saí do quarto. Ulisses dormia coberto por jornal no sofá da cozinha. Dei bom dia pro Leôncio e perguntei se não seria melhor colocar um cobertor no Ulisses.

"Não se preocupa com isso. Ele só se cobre com jornal mesmo."

Pedi pra usar o banheiro.

Toquei uma punhetinha rápida pensando que batia com o pau na cara da Brisa mas quando a parada tava vindo vi os malucos do rabecão erguendo a minha mãe e a roupa rasgada e os pingos de sangue e restinhos de carne na ponta da pá e o sangue secou no asfalto e eu vi o sangue seco por dias e um dia veio a chuva e levou tudo e tudo ficou e tudo sempre fica mesmo depois que vai embora.

Abri a tampa do bacio e esporrei em meia dúzia de pedaços de merda branca e catinguenta, do tipo que o cara chega a ficar macambuzio. Gosto dessa palavra, meu professor de português sempre usa. Puxei a corda, mas só veio um barulho de vácuo como se o bacio tivesse arrotado e lembrei do Leôncio estar numa ilha sem água. Mijei em cima pra ver se dispersava a porra. Sem chance. E o matuto aqui ainda abriu a torneira pra lavar a mão. Cabação pra caralho.

Fui pra cozinha. Leôncio avisou que tinha feito café e tava indo vender peixe. "Fica de boa aí, meu querido". Agradeci e sentei na cadeira. Esperei ele ir embora. Peguei uma xícara no armário e um pacote de água e sal aberto na mesa. Coloquei meio copo da garrafa e dei um gole. A narina ardeu como se eu tivesse me afogado. Cuspi pra não tossir. Aquilo era tudo, menos café.

"O Maurino coloca Velho Barreiro quando falta água." disse Ulisses ajeitando o jornal, folha por folha.

Velho Barreiro de café. De qual nave saiu esse maluco?

"Esse jornal é de hoje? Já tem minha foto nele?"

Mostrou a capa: "Nelson Mandela, líder do Congresso Nacional Africano, é libertado de prisão depois de 27 anos".

"Caralho. De quando que é isso?"

"Doze de fevereiro de 1990."

Levantou e foi fritar peixe. Perguntou se dormi bem e quis saber como seria o meu dia. "Vou procurar pelo André."

"Faz muito tempo que o teu amigo não vai no hospital?" perguntei.

"Por quê?"

"É que eu entendo de merda e a dele é a do pior tipo."

"Aquele cocô não é do Maurino. É meu. Usei o banheiro e voltei pra dormir mais um pouco."

Eita.

"E andas se sentindo bem ultimamente?" perguntei.

"Diz aí, como foi que tu virou um especialista de merda?"

Contei a história da hípica enquanto tirava a espinha pra comer o peixe. Ouvimos o barulho de água indo pra caixa. Colocou a fita do Belchior pra tocar no micro system e foi nessa hora que Leôncio voltou. Ulisses deu o peixe sem espinha pro Mandrake e foi lavar umas roupas no tanque.

"Hoje de tarde vou pegar os atrasados de todo mundo." disse Leôncio depois de acender um cigarro "Não tem mais fiado de peixe pra ninguém... só pros amigos." Baforou "Ontem veio um viadinho da justiça aqui entregar um documento. Falou que essa semana iam vim aqui botar a casa no chão, que não tinha mais papo comigo. Esfreguei o documento no saco e devolvi pra ele. Fiz certo?"

"Claro."

Eu nem tava ligado na fita que o maluco falava. Mal me conhece e já quer se abrir todo pra mim. Não fode.

"E a tua mãe... sabe que tás aqui?"

"Minha mãe morreu. Mas meu pai sabe, eu deixei uma carta pra ele."

"Ah, então fugisse de casa?"

"Não. Tô procurando o meu irmão."

"Eu sempre fugi de casa. Fugia porque meu pai me batia, aí quando eu voltava, ele batia mais ainda. Aí eu fugia porque ele tinha me batido de novo."

Puxei do bolso a foto e mostrei pra ele. A resposta cê já sabe.

Tomei um banho perto do meio-dia. O cheiro de merda continuou por mais um tempo, mesmo depois da descarga. Coloquei a jaqueta jeans e olhei no mapa pra encontrar o endereço anotado. Eu podia deixar minha mochila no quarto, mas era cedo pra confiar neles. E se eu conseguisse uma resposta positiva, nem voltaria.

Ulisses e Mandrake me acompanharam até o ponto de ônibus.

"Se der algum problema, volta pra cá. Vou ficar te esperando na praça até o final da tarde. Tens certeza que não quer que eu vá contigo?"

"Tenho sim, mas obrigado pela preocupação."

Nem o motorista e nem o cobrador faziam a menor ideia de onde eu precisava descer. Pra minha sorte, um senhor no banco da frente explicou direitinho onde saltar na geral.

Uns cinco minutos depois o ônibus diminuiu a velocidade até parar. Estiquei a cabeça e vi uma ambulância adiante. Não dava pra entender o que tinha acontecido porque os carros na fila cobriam a visão. Eu já tava na geral e precisava andar mais um pouco pra chegar perto da rua do André.

"Tem como abrir aqui pra mim descer?"

"A gente não pode parar fora do ponto, senão a prefeitura multa."

"Mas eu não tô muito bem. Acho que vou vomitar."

"Abre aqui pra ele." pediu o cobrador.

Parei no canto da calçada e fiz o teatrinho de envergar pra mandar o café pro caralho. Uma senhora tava no portão de casa e tentava ver o motivo da fila. Perguntei pela rua. "Tu vai reto aqui, aí vai ter aquela subida ali, aí tu sobe toda vida e depois vai ter a descida, aí tu desse. É na segunda rua da direita, depois que tu descer."

Agradeci.

Um motoqueiro tava caído e os caras da ambulância colocaram um colete no pescoço do maluco. Subi com aquela montanha nas costas e quando cheguei no pico onde começava a descida, vi a estrada limpa, sem carros, por causa da ambulância ter fechado a rua. Retirei o skate da mochila e liguei o walkman, rolava Queen com Don't Stop Me Now. Não era bem o som que eu queria, mas que se foda. Vamos nessa. Centralizei o skate, subi, dei uma remada e senti o vagabundo ganhar velocidade. O vento veio forte. O shape tremia em zigue-zague. Abri os braços e consegui manter o equilíbrio. As casas ao redor surgiam borradas. Joguei o peso pra frente e agachei o máximo que pude. Ô sensação boa de liberdade. Tava chegando perto do fim da descida, então coloquei o pé de leve no chão. Foi quando um carro saiu de ré da calçada. Não tive tempo nem de pisar no tail, só rasguei pra esquerda e desviei da traseira do filho da puta, isso me fez ir reto na dianteira de outro filho da puta que cruzava a rua. Pulei do skate, voei pra parede de algum lugar e biiiiiiimmm...

Abri os olhos. Uma senhora me olhava e sua mão massageava meu rosto. Falou alguma coisa, mas não entendi. Eu ainda tava meio grogue. O lugar era um paraíso cheio de flores e plantas ao redor da senhora.

Um anjo apareceu ao lado dela. Tinha cara de panaca. Sorriu pra mim e eu sorri também. Senti meu queixo doer. Eu sabia o que tinha acontecido, mas perguntei, precisava ouvir a voz dela.

"Tu sofreu um acidente." Ajeitou os óculos.

"Fala de novo."

"Tu sofreu um acidente."

Então essa é a língua dos anjos que aquele maluco tanto cantava.

"Meu ombro tá doendo. Eu quebrei o braço?"

"Acho que não. Mas quebrou o relógio..."

"Minha mãe vai me matar."

"Não vai, não."

"É... não vai, não. E o skate?"

"O carro passou por cima. Quebrou também."

"Que merda."

"Mas o walkman tá inteiro."

Levantei a cabeça e apaguei de novo. Ao despertar, só tinha o Anjo olhando pra mim. Tentei levantar e senti a dor no ombro novamente. Eu tava deitado numa mesa. Ela me deu um copo d'água e inclinou minha cabeça. Babei mais do que consegui engolir. Senti a pele macia de sua mão limpando minha boca. Eu era o soldado se apaixonando pela enfermeira.

"A minha mãe vai te levar pro hospital."

"Não precisa. Só me ralei."

A mãe dela atendia um casal de senhores. Levantei da mesa e quase caí quando toquei o chão, mas fui segurado pelo Anjo. Ela tinha a boca mais perfeita do mundo. Os lábios eram alinhados de um jeito que nem os ETs das pirâmides fariam melhor.

"Tu mora por aqui?"

"Não. Eu tô procurando o meu irmão."

Usei meu braço bom pra pegar a foto no bolso da jaqueta.

"Já viu esse cara?"

Pegou da minha mão e seus dedos tocaram os meus. Não usava aliança e nunca viu meu irmão.

"Preciso ir nessa. Obrigado pela ajuda."

"Aonde tu vai?"

Caminhei pra sair da floricultura. Eu queria bancar o difícil. Ela vai se impressionar com a minha determinação, vai pedir pra mim ficar mais um tempo, vai me achar um cara misterioso e é aí que eu conquisto.

"Vou na próxima rua. Tenho que falar com um tal de André."

"O cantor?"

Então é ele o Pavarotti da banda.

"Isso."

"Tá de sacanagem."

Esse é o momento de dizer que o Andrezinho é seu ex-namorado. Eu desafio ele prum duelo de espadas, venço e levo o Anjo nos braços.

"É teu ex?"

"Claro que não. Eu vou lá contigo."

Perguntei o nome dela. Até isso era de Anjo. A senhora pediu pra mim não sair. "Tudo bem, mãe. Eu acompanho ele." Agarrou meu braço e seguimos em passos mancos. Parecia uma cuidadora levando um velhinho do asilo pra tomar banho de sol. "Eu moro duas casas depois da casa do André."

Quem nos atendeu foi a velha surda. O Anjo ficou na porta explicando pra ela que eu não era do jornal. Tinha um vaso de flor pra cada canto da parede da casa. Fui até a cozinha, onde André almoçava.

"Preciso falar contigo."

Mostrei a foto.

"Tá de sacanagem."

É impressão minha ou todo mundo por aqui usa essa expressão?

"Eu te liguei..."

"Eu sei, porra. Como que tu chegou aqui?"

"Guiado por um anjo."

"Tá de sacanagem?"

Puxei a cadeira e sentei.

"Nem faz isso, que tu já tá de saída."

"Só responde quando foi que o meu irmão teve aqui e eu prometo que vou embora."

"Se eu quiser, tu vai embora agora sem eu nem te responder."

"Eu sei, mas é importante pra mim. A minha mãe tá com depressão."

"Ela já morreu, seu mentiroso do caralho."

O Anjo apareceu com a senhorinha. A velha surda mostrou pra ela como as flores na janela da cozinha tavam radiantes.

"Cês tinham um show num domingo, mas não rolou."

"É claro que não rolou. Aquele pau no cu saiu da cidade. Era pra gente tá estourando nas rádios agora."

"Ele passou aqui só pra dizer que tava indo embora?"

"Teu irmão acabou com os meus sonhos." O vagabundo baixou a cabeça e deu uma mastigada nervosa no miojo.

"Tu canta muito bem..."

"Foda-se."

Vou plantar uma melancia no cu desse cara daqui a pouco.

A mãe perguntou o que disse. "Não tô falando contigo", respondeu. E o Anjo levou a velhinha pra sala.

"Me dá alguma coisa pra mim poder me guiar. Eu tô perdido."

"É pra eu poder me guiar e não pra mim poder me guiar. Fala certo, porra."

"Que horas era?"

"Tá de sacanagem? Como é que eu vou saber?"

"O que tava passando na TV quando ele apareceu?"

"Não assisto TV, porra. Isso é coisa de alienado."

Vou plantar uma melancia no cu desse cara, esperar amadurecer e depois botar um casal de anão pra comer no cu dele.

"Tentou vender alguma coisa? Tava com a guria?"

"Não lembro, porra."

"Tu não se lembra de nada, seu merda?"

"Tá querendo levar uma garfada no olho?"

"Prefiro não. Prefiro não. Podes passar o contato dos outros caras da banda?"

"Tá de sacanagem? Vai tomar no cu, porra." Chutou a cadeira que eu tava sentado "Vaza daqui."

Se meu ombro não tivesse ruim, ia ser só bomba na cara desse boquinha de degustar Keep Cooler.

"Consegui." disse o Anjo surgindo toda serelepe na cozinha.

Ela me ajudou a sair da cadeira. Nos despedimos da velhinha e me explicou tudo quando chegamos na rua.

"Eu vi que tu tava tendo dificuldade com aquele babaca, aí dei uma de João-sem-braço..." a forma como ela sorria e mexia os braços ao falar. Aquilo merecia um replay "Eu vi que tu tava tendo dificuldade com aquele babaca, aí dei uma de João-sem-braço com a mãe dele e fiquei sabendo que tem um tecladista que tocou com eles. Dá aula de teclado na igreja de Ponta das Canas."

"Moro perto", disse pro Anjo. Na real, nem sei onde fica a porra da igreja. Eu queria agarrar ela e beijar sua boca e podíamos passar o resto da vida abraçados na frente da lareira. Mas era tarde, me apaixonei, e quando o cara se apaixona, o vagabundo fica com medo de fazer qualquer coisa.

Peguei a mochila na floricultura. O acidente fez a alça desfiar. Me acompanhou até o ponto de ônibus e ficamos lá um com vergonha de dizer algo pro outro.

"Vais no hospital?"

"Não preciso. Eu vou ficar bem."

Contou que trabalhava na floricultura da mãe até as seis e meia. Queria convidar o Anjo pra uma volta, mas meu corpo tava quebrado demais pra qualquer coisa.

"Me passa teu telefone pra mim te contar amanhã se deu certo com o tecladista."

"Claro." Sorrisinho de quem sacou a minha sacada.

Ela atravessou a rua correndo, pegou um cartão da floricultura e me deu. Na frente era o telefone da loja. No verso, escrito em caneta, tava o telefone de casa. E combinamos de nos ver. Isso significa que ela também gostou de mim, né? O que cê acha?

O ônibus veio. O Anjo me ajudou a colocar a mochila nas costas e me deu um beijo no rosto. Liguei o walkman depois de passar a catraca. Sentei e começou One Year of Love. Eu era o Guerreiro Imortal no paraíso.

Desci no gramado da praça e Mandrake acordou Ulisses ao me ver. Fomos no mercado e comprei dois maços de cigarro, um saquinho de palheiro e dois tabletes de Colomy, dois pães, uma Pureza de 600 e duas garrafas de vinho tinto suave. Na fila do caixa peguei o jornal do dia, "Polícia divulga retrato falado de Maníaco do Parque". Dei uma folheada rápida, mas não encontrei meu rosto na sessão de desaparecidos.

"Já podes jogar o teu antigo fora." Ofereci pro Ulisses.

"O jornal de hoje em dia não é tão resistente. Prefiro continuar com o meu."

Voltamos pra praça e ficamos lá comendo e bebendo. Contei pra ele sobre o acontecido de hoje de tarde.

"Convida ela pra sair."

"Eu vou, mas quero resolver esse lance do meu irmão. Não posso perder o foco. E tenho que cuidar pra não gastar muita grana. Amanhã vou tentar vender algumas coisas." Fechei um palheiro "Sabes onde fica a igreja?"

Ulisses esperou do lado de fora com o Mandrake. Uma senhora bem senhorinha foi quem atendeu. Igreja Católica é um negócio bonito pacas. As paredes são bem pintadas, os quadros, os vidros, os bonequinhos de porcelana e a música de fundo dá uma paz que é só esticar no banco e dormir.

Perguntei pra ela sobre as aulas de teclado. "O Daniel vai tocar amanhã de manhã na missa das oito. Vem aqui pra falar com ele."

O fim de tarde tava feio com o céu coberto de nuvens escuras. Apressamos o passo, pois ia chover em pouco tempo.

O Vigia da Noite Sim abriu o portão do terreno onde ficavam as caçambas e o depósito. "O melhor lugar é a pilha de canos de concreto pra fossa", disse Ulisses. Eram grandes e quentes. Usei o casaco como travesseiro e a jaqueta como cobertor. Tava cedo pra dormir, mas quando o cara fica na rua, não tem muito pra fazer a não ser tirar uma soneca, procurar comida e fazer as necessidades.

"Mais de noite a gente toma um banho e pega umas pizzas", disse ele deitado com o Mandrake. E logo teve um acesso de tosse. Me estiquei pra fora do cano e passei a garrafa de Pureza pra ele não ficar com a garganta seca.

"Quer uma roupa minha pra usar de cobertor?"

"Não precisa." Abriu a mochilinha e retirou o jornal "Isso aqui já cobre do frio. Vais usar o walkman?"

Eu ia, mas deixei com ele. "Antes de morar na rua, sempre ouvia A Palo Seco quando ia dormir."

A chuva desaguou em seguida com pingos grossos. O cano protegia mesmo do frio e nem era tão ruim assim deitar no concreto. Eu não tava com sono, então sentei e peguei uma garrafa de vinho na mochila. Usei a ponta do canivete pra lascar a rolha até conseguir um buraco pra beber. Detonei metade da garrafa enquanto fumava esperando pela noite. É uma merda ficar sem relógio. Como vou saber se tô na hora certa?

Será que alguém tá sofrendo com o meu sumiço? E se meu irmão foi mesmo morar em outro lugar com a Denise? Deve ser um fim de mundo sem telefone pra entrar em contato. Só preciso dessa resposta pra vazar daqui. Que merda, cara. Ao menos encontrei o Anjo. Já posso até ver nós dois casando. A velha se aposenta e deixa a floricultura pra gente. A nossa filha Rebeca vai atender no caixa e o Bernardo fica na reposição. O meu negócio vai ser o setor de entrega. Vou fazer dinheiro com essa porra.

Saí do cano quando a chuva afinou. Tava escuro pra caralho e eu não consigo dormir no escuro, cê sabe. Precisava pegar um ar. O Vigia da Noite Sim dormia na cara dura com a TV ligada e tudo. Deve ser por isso que nos deixa ficar, pois qualquer coisa que embaçar com algum vagabundo, a gente serve de ajuda.

Mandrake acordou Ulisses quando cheguei perto.

"Acho que tá na hora." Eu disse.

Se despreguiçou. Acendi o isqueiro pra poder ver melhor. Me passou o walkman e dobrou as folhas do jornal. A pizzaria tava aberta e tinha quase dez famílias se empanturrando. Os garçons pareciam dançarinos com as bandejas.

Fomos pro posto. Eu ainda sentia um pouco o ombro, mas era bem mais por causa do frio do que pela queda, pois até as costas doíam. Ulisses tava calado e quando perguntei, só disse que de vez em quando a gente sonha com cada coisa.

Fui o último a tomar banho e limpei o chão. "Não pode deixar vestígio pro dono não dar mijada quando chegar pra abrir o posto." Saí do banheiro e o vigia falava com Ulisses sobre a dificuldade da filha com a matéria de química.

Enquanto fazíamos o caminho de volta, dois caras numa moto tiraram um fino e fizeram barulho de tiro. Não nos assustamos, mas Mandrake tentou correr atrás deles e Ulisses precisou segurar firme a corrente de fio.

Sentamos cada um em cima de uma pilha de canos vendo do alto os funcionários limpando a pizzaria. O horário de fechar depende do dia de promoção.

As luzes se apagaram e fecharam a esteira. Todos vazaram. Atravessamos a rua e seguimos pelo corredor até a parte de trás. Tinha dois coletores de lixo.

"Não abre o verde, só tem plástico e papel. O negócio é esse aqui..." abriu a tampa do coletor laranja.

Ajudei a puxar o saco de lixo. Chegamos na rua e Ulisses parou pra esperar uma garota que aproximava. Logo atrás dela vinha um cara cambaleando. O filho da puta tava podre de bêbado.

“Tá incomodando a senhora?” perguntou.

A garota pegou na mão do bêbado. “É meu namorado.”

Enchemos de pizza uma sacola de mercado e demos pro Vigia da Noite Sim. Foi difícil pra mim evitar o nojo, mas melhorou um pouco depois de tirar as fatias do saco de lixo. Separadas pareciam mais atraentes. Eu, Ulisses e Mandrake subimos nos canos e ficamos lá comendo até estufar. De vez em quando um sabor vinha impregnado no outro.

Não se pode ter tudo.

“Ligou pro teu pai hoje?”

“Não.”

“E não vai ligar?”

“Só depois de encontrar o meu irmão.”

Pegou a garrafa de vinho e passou pra mim. Lasquei a rolha.

“E faz muito tempo que tu perdeu tua mãe?”

Eu ia perguntar como sabia, mas lembrei que ele tava por perto quando eu disse pro Leôncio.

“Um pouco mais de dois anos.” Dei um gole no vinho e passei pra ele “E tu, por que não tás com a tua família?”

“Todo mundo pergunta isso. Eles sempre esperam que eu vá contar uma história triste. O bioquímico que perdeu a mulher e a filha num acidente aéreo e foi morar na rua. Ou o professor universitário que pegou a mulher na cama com o melhor amigo e desistiu da vida. Mas eu saí de casa porque não via mais sentido no que eu tava fazendo.” Deu um gole no vinho "Eu trabalhava muito e vivia pouco… e nem ganhava tão bem assim." mais um gole e passou pra mim "Tua mãe tava doente?"

"Foi atropelada."

"Meu deus." Baixou a cabeça "É normal a gente…"

"Matei minha mãe."

Dei um gole e acendi um cigarro.

"Foi um acidente, Samuel."

"Não foi, não."

"Foi você quem atropelou?"

"Não. Mas joguei ela na frente do caminhão."

Ulisses não falou nada, apenas continuou me olhando como se me esperasse dizer ser só uma brincadeira.

Me concentrei na maré e no som das ondas. Eu podia sentir como se saísse de dentro da carcaça por um instante e flutuasse sobre as águas.

Baixei todo o volume da TV. A banheira já tava no palco e o apresentador falava qualquer porra enquanto o pessoal se preparava. Meu irmão e meu pai tavam trabalhando, mas minha mãe ficou em casa. Era pra ela ter ido visitar minha avó, sempre vai lá no domingo. Era pra dona Angélica ter chamado minha mãe pra jogar conversa fora. Só que nada disso aconteceu. Ela ficou na cozinha lavando a louça e cantando uma música sertaneja da rádio.

Mudei de canal e fui pro banheiro. Toquei uma punheta, mas não cheguei a gozar. Não era a mesma coisa. A Luizinha tava lá no meu quarto e eu aqui. Desisti. Quando saí, minha mãe perguntou se tava tudo bem.

"Acho que tô com dor de cabeça."

"Tem remédio no armário."

Ela sempre deixava uma caixa de sapato com todo tipo de medicamento. Abri e revirei no meio de Band-Aid, algodão, os remédios dela, soro, esparadrapo... encontrei a cartela de Anador.

"Achou?"

"Não tô encontrando." Escondi no bolso. Fui pro quarto e mudei de canal. A Luizinha tava com a bunda toda ensaboada. Desliguei a TV e deitei. Ouvi o barulho da minha mãe revirando a caixa e falando que tinha comprado, que era pra tá ali.

Entrou no meu quarto e perguntou como eu tava. Apertei a cabeça pra fingir expulsar a dor.

"Não para de latejar. Parece que vai explodir."

"Eu vou na farmácia."

"Por favor, vai rápido. Não tô mais aguentando."

Correu pro quarto dela pra pegar dinheiro e depois ouvi disparar pra rua. Liguei a TV, coloquei o pau pra fora e me joguei embaixo do cobertor. Minha meta era dar umas duas gozadas bem dada. A Luizinha merece. O pagodeiro pegou ela de jeito e empurrou pro lado. E eu tocando. Ela tentava cobrir o biquinho do peito enquanto ajeitava a parte de cima do biquíni. E eu tocando. Tava toda desesperada, coitada, porque precisava segurar o pagodeiro antes que ele encontrasse o sabonete. E eu tocando. O negócio tava vindo. Senti meu saco em erupção pronto pra explodir. Ouvi o Buba me chamar. Eu não ia atender esse merda. Bateu na porta.

Bateu sem parar. Senti a porra subindo. A cabeça do pau queria cuspir. Buba entrou em casa e invadiu meu quarto.

"Tua mãe foi atropelada."

Meu corpo estremeceu e o pau vomitava porra embaixo do cobertor. Gozei pensando em minha mãe desossada no asfalto. Matei Minha Mãe.

Ulisses continuou me olhando em silêncio. Emborcou o vinho e disse:

"Acho melhor a gente dormir."

XIII

Pescadores jogavam as tarrafas no mar e pessoas esperavam o ônibus no ponto. Pegamos a trilha pra casa do Leôncio. Desde a morte da minha mãe, essa foi a primeira noite que consegui dormir no escuro. E mesmo depois do dia amanhecer, onde eu tava, era escuro. Ulisses não disse uma única palavra ao acordarmos. Evitou me olhar. A história afetou ele de alguma forma.

Leôncio não tava em casa. Fui pro quarto e revirei a mochila. Separei na sacola o que eu podia vender e não faria mais falta.

Voltei pra cozinha e coloquei uma xícara de café. Ulisses saiu tossindo do banheiro.

"Sabe se o Leôncio tem videocassete?" perguntei.

"Quem?"

"O Maurino. Sabe se o Maurino tem videocassete?"

"Não tem, não. Por quê?"

"É que tô vendendo umas coisas."

"Hum."

Virou as costas pra pegar uma xícara.

"Meu ombro tá melhor." disse eu.

Assentiu com a cabeça.

Escovei os dentes, troquei de roupa e saí carregando parte das coisas na sacola. Peguei a trilha e encontrei o Leôncio voltando pra casa com um balde cheio de peixes.

"E aí, rapaz. Já tás indo? Passa em casa mais tarde pra comer uma tainhazinha."

"Só vou vender umas paradas e encontrar um maluco lá na igreja."

"O que tens de bom aí?"

Mostrei as fitas K7 e os pornôs.

"Guarda a do Creedence e do Dire Straits. Te pago depois."

Cheguei nas areias da praia e vi três pescadores empurrando um barco da casinha pras águas. Dois se esforçavam de um lado e um do outro. A força maior na esquerda fazia o barco virar pra direita. Corri e ajudei o lado mais fraco. O pescador na minha frente disse alguma coisa, mas o som que saía da goela parecia velho e fraco. O barco entrou na água e parei de empurrar, não queria ficar com os pés molhados na igreja. Só virei as costas e segui meu rumo. Um dos pescadores assobiou e mal tive a chance de me virar quando uma lata de cerveja voou na minha direção. Agarrei, abri, tomei um gole e estendi o polegar. Parecia um comercial de Mentos.

Apareci na igreja mais cedo do que devia. A Senhora Bem Senhorinha passava um pano no púlpito e acenou ao me ver. Acenei de volta e fui sentar no banco, mas a Senhora

Bem Senhorinha apontou pra bacia de água benta na entrada. Aceitei a convenção.

Vou ser sincero, dessa parte não lembro bem. Recordo do padre aparecer com duas crianças atrás dele e pedir pra galera abrir a bíblia. Um senhor colono ao meu lado abriu e aproximou o livro de mim. Lemos juntos. A gente pulava e voltava as páginas, como o padre pedia. Ouvimos sobre o sentimento do filho de Abraão nos três dias de caminhada até descobrir ter caído na pegadinha do Papai do Céu.

A banda entrou e tocaram uma música sobre o Filho Pródigo. Viu que manjo de alguma coisa, né? Eu fiz a Primeira Comunhão. Era um saco. O bagulho era um porre mesmo, na moral. Só fiz, porque minha mãe disse que: "quem morre sem fazer a Primeira Comunhão vai pro inferno".

Me concentrei na fuça do tecladista. Cara de virgem do caralho. Duvido que meu irmão tenha procurado esse maluco pra alguma coisa. A Senhora Bem Senhorinha era a mais feliz e tentava animar as duas crianças atrás do padre.

Não ia falar nada, mas tenho de seguir o que minha psicóloga disse, então lá vai. No final da missa foi pedido que apertássemos a mão de quem tivesse ao lado. Aceitei a convenção e quando fui virar pra apertar a mão do Colono, vi o rosto da Senhora Bem Senhorinha e me vi dando uma lajotada na cabeça dela.

Esperei a multidão deixar a igreja, pois eu precisava ir pra perto do púlpito onde tava o tecladista guardando a aparelhagem.

"Daniel, posso falar contigo?"

“Bom dia.” Enrolava os fios “É sobre o grupo jovem ou sobre as aulas?”

“É sobre o meu irmão. Ele desapareceu. Cê tocou na banda dele.”

O vagabundo carregou o teclado e eu fiquei com o suporte. Acompanhei até o estacionamento e colocamos tudo no porta-malas. Não conhecia a marca, mas era um bacana carro de bacana.

“Então, ele apareceu aqui na igreja quando a gente tava encerrando o grupo jovem. Era umas quatro e pouca da tarde. Disse que não ia mais ficar na banda porque tava indo se mudar com a guria dele…”

“Ela tava junto?”

“Não. Ele veio sozinho.”

“Tem certeza?”

“Tenho. Eu fui com ele até o carro e não tinha ninguém lá.”

Talvez ela tivesse tomando um café na padaria.

“Ele queria te vender umas coisas, né?”

“Isso. Comprei uma guitarra pra igreja. Tava baratinho.”

“Algo mais?”

“E uns filmes do Steven Seagal. Não é muito a minha praia, mas o meu irmão curte o Força em Alerta.”

“Sabe pra onde ele foi depois?”

“Não, mas já tentasse falar com os outros?”

“Falei só contigo e com o André. Mas aquele pau no cu não ajudou.”

"Xiu... A gente tá na casa de Deus."

"Foi mal."

"Eu não tinha muita amizade com o pessoal. Mas tenta falar com o Cristiano, o baixista. Da banda, era o que teu irmão tinha mais contato. Os dois eram bem amigos. Se ele não souber de nada, então acho que ninguém mais sabe."

"Tens o contato dele?"

"Não. Nem sei onde mora. Mas ele trabalha de guia na Fortaleza da Praia do Forte. Vai lá que tu fala com ele."

Abri a sacola e ofereci umas fitas. O vagabundo olhou pros lados, afundou a mão de tocar punheta e revirou as VHS. O bicho tava com pouca grana, por isso consegui bem menos do que esperava. O lamento maior foi não me despedir da Chloe Nicole, mas talvez tenha sido melhor assim. A coitada já sofreu muito na minha mão.

Fui no telefone do outro lado da praça e liguei pra floricultura. Reconheci na hora a voz da mãe, ela também reconheceu a minha. Perguntou como eu tava e em seguida foi chamar meu Anjo.

"O que acha da gente se ver hoje no fim da tarde?"

"Vamos sim. Vai ser massa. Podes esperar depois das seis e meia aqui na frente?"

"Pode ser..."

"Agora eu tô ocupada. A gente se vê mais tarde então."

Quase não deu pra falar direito, mas tudo bem. Vida de trabalhador é isso mesmo. Caminhei sem pressa, queria fumar com calma enquanto olhava o movimento do bairro.

Os funcionários da padaria se virando pra atender os bacanas. Os pescadores na volta pra casa. As senhorinhas no portão.

Ulisses fritava peixe e rolava a fitinha do Belchior no aparelho. Mal entrei e Leôncio me deu cinco pila. "Aproveita que hoje eu tô feliz." Pegou as fitas e botou Creedence pra tocar. É mais grana do que realmente vale, cês se ligaram, né?

"É a primeira pessoa que conheço que vai perder a casa e fica feliz." disse Ulisses colocando os peixes no prato em cima da mesa.

"Eu não vou perder. Sou um homem de negócios."

Leôncio abriu uma garrafa de cerveja e dançou um vanerão desengonçado quando começou Hey Tonight no toca-fitas.

Coloquei algumas das minhas roupas pra secar no varal e fui no banheiro pra bater uma punhetinha, mas eu não tava com vontade, não mesmo. Meu pau nem duro tava. Desisti, lavei a mão e fui sentar com eles. Leôncio tinha uma técnica de corte pra tirar toda a espinha do peixe. Fez pra mim e pro Ulisses.

"Depois vou levar umas coisas pra quitinete lá na Daniela. Um de vocês pode ficar aqui até o fim da tarde? Tem uns caras que vão vim comprar as telha."

"Pra mim não vai dar. Vou encontrar com uma mina mais tarde."

"Eu posso." respondeu Ulisses.

Leôncio disse pra mim convidar o Anjo pra festa de despedida. Perguntei se era certo mesmo que deixaria a casa. "Não tem outro jeito".

"O que conseguiu lá na igreja?" quis saber Ulisses.

"Vendi meus pornôs."

"Tô me referindo ao teu irmão."

"Vou falar com um cara amanhã que trabalha na Fortaleza da Praia do Forte."

"Fortaleza de São José da Ponta Grossa." disse Leôncio "Vou morar ali perto. Se quiseres, te dou uma carona."

Aceitei. Terminei de almoçar e fui tirar um sono no quarto. Acabei acordando duas horas depois. Minha cabeça tava lenta como se o descanso tivesse sido interrompido. Até tentei voltar a dormir, mas logo ouvi as vozes dos caras chegando pra comprar as telhas. Tratei foi de me arrumar rápido pra vazar do quarto.

Coloquei um pouco de fumo no bolso da jaqueta jeans. Ulisses ocupou de mostrar os cuidados necessários pro pessoal não tocar na fiação. Aproveitei a oportunidade e saí na pressa sem precisar cumprimentar ninguém.

Cheguei na floricultura mais cedo e fui fazer um tempo na praia. Tinha poucas pessoas, a maioria era o pessoal passeando com o cachorro, tomando chimarrão no banquinho, fazendo caminhada... Um maluco catando latinha veio pedir cigarro. Fiz um palheiro pro vagabundo. "Mas esse não mata a vontade. O bom mesmo é o que dá coceirinha na garganta." Cara de pau. Acendi e fumei.

Acompanhei o voo em círculos de uma ave branca. Deu um rasante na água e abocanhou algo parecido com uma minhoca, depois sumiu no meio das árvores do calçamento. Uma senhora veio oferecer bombons caseiros. Comprei dois de leite ninho com chocolate. Comi um e guardei o outro pro meu Anjo.

Quando deu seis e meia fui pra frente da floricultura. Ela regava as flores e balançava as folhas com delicadeza. Como diabos os caras que vão lá não se apaixonam pelo meu Anjo? Tinha um nariz grande e ficava mais evidente embaixo dos óculos quadrados. Eu queria assim, dava mais valor pra cara de panaca dela.

Foi pro pátio pra pegar as flores e colocar pra dentro da loja. Ela me viu e abriu o bocão num sorriso. Pouco depois a mãe fechou as portas e meu Anjo saiu sem o uniforme, apenas de vestido azul claro.

Me abraçou e na mesma hora senti o bombom esmagando no bolso da jaqueta. Saiu num susto e pediu desculpas por esquecer do meu ombro machucado.

"Tá tudo bem. Nem dói mais."

Só o bolso da minha jaqueta, que agora vai ficar cagado de leite ninho.

"A gente pode ir na padaria do supermercado, o que acha?"

Aceitei. Não conhecia nada ali mesmo.

Parei no banheiro do mercado e tentei limpar o bolso, mas não deu muito certo. Compramos uns salgados e suco de laranja e fomos pruma mesa mais afastada dos cabeçudos.

"É só tu e a tua mãe que trabalham na floricultura?"

"Isso. Ela montou depois que separou do meu pai. E o tecladista, o que é que deu?"

"Parece que o meu irmão se mudou pra algum lugar com a guria dele."

"Que triste tudo isso."

"É... mas amanhã vou encontrar com um cara na Fortaleza. E o que acha de ir comigo numa festa?

Expliquei que seria na casa do Leôncio. Desconfiou e fez uma caralhada de perguntas. Normal. Meu Anjo ainda não me conhecia bem pra arriscar confiar assim. Contei que ele iria se mudar, pois tinha a ver com a carta do oficial de justiça.

"Não posso garantir nada que eu vá. Primeiro tenho que falar com a minha mãe."

Fomos dar uma volta na praia. O frio e o som das ondas deram coragem pra beijar os finos lábios do Anjo, mas eu tava com um bafo de cigarro com catupiry, e de qualquer forma, o bom mesmo seria enrolar até não dar mais, aí a gente se beija, pois só falta isso.

"Vamos sentar naquele banco." Pedi "Aqui tá muito frio."

Não pergunte o motivo, sério, não pergunte mesmo o motivo, mas eu precisava dizer a ela, ainda que não fosse minha obrigação, ainda que o bom mesmo seria um desbravar o outro. Expliquei pro Anjo onde eu morava de verdade e que não me sentia seguro em voltar. As coisas aconteceram tão rápido, sabe. Quando minha mãe morreu, pensei que seria o máximo que podia acontecer de ruim comigo, mas aí meu irmão sumiu, meu cachorro foi morto e não consigo ter uma relação boa com o meu pai. E no fim, nada disso teria acontecido se eu não existisse.

"Por que tu tá falando isso?"

"Porque eu quero confiar em ti e quero que cê confie em mim. Sei que isso deve te dar medo, pois a gente se conheceu ontem e hoje eu tô aqui contando sobre a minha vida. Eu precisava que alguém me ouvisse. Percebi isso ontem, quando falei pro meu amigo sobre a morte da minha mãe. Ainda me sinto culpado e vou continuar me sentindo, mas é como se eu deixasse de alimentar um animal e ele reclamasse de fome. A implosão aparece toda vez que não tô bem. E ela tá vindo agora. Eu queria ficar aqui e falar mais, só que ela me pegou. E não me sinto forte pra expulsar esse monstro. Tudo que eu quero agora é pegar o ônibus, voltar pro quarto e dormir."

Meu Anjo não esperava por isso. Nem eu e nem tu.

Abriu a boca pra falar algo e desistiu, como se ainda precisasse digerir minhas palavras.

"Desculpa, Samuel, eu não tô entendendo muito bem o que tás querendo dizer, mas se vai se sentir melhor por alguém te ouvir, conta comigo. Eu tô aqui."

Desci na praça. Mandrake batia com as patas no joelho de Ulisses, que tava encostado no coqueiro e usava o jornal pra se cobrir. Tentou segurar a tosse.

"Tá tudo bem?"

Só estendeu o polegar e continuou tossindo sem parar. Era uma tosse feia. Meu avô chamava de tosse de cachorro.

Corri pra padaria dos bacanas. Era a mais próxima. Entrei. Os clientes olharam como se eu fosse de outro planeta. Fui no refrigerador pegar uma garrafa de água e pelo vidro da porta percebi que os olhos continuavam em mim. Paguei e voltei correndo pra praça. A tosse de Ulisses enfraqueceu. Deu um primeiro gole longo, respirou fundo e deu um gole menor. "O banho da noite tá me deixando doente."

Mandei a real de sairmos dali.

"Só tava esperando por você."

Fiquei preocupado com a condição dele e tive de perguntar.

"Por que dormir um dia na casa do Leôncio e outro no cano quando podia passar todos os dias lá na casa dele? E nem precisaria tomar banho gelado no posto."

"Saí da minha casa pra viver na rua. Eu só durmo lá no inverno. Se fosse pra viver na casa dos outros, não teria nem saído da minha."

E fim de papo.

Não tinha mais telhas na casa, o céu e as estrelas era o nosso novo teto.

"Vão pegar pizza hoje?" Quis saber Leôncio "Senão eu faço um pão com peixe pra gente."

Ulisses confirmou, mas primeiro precisava descansar um pouco. Rastejou pro quarto junto com o Mandrake.

Leôncio tirou um prato de berbigão do forno e abriu uma garrafa de cerveja.

"Aquela porra daquela nuvem tá parada já faz um tempo."

Olhei pra cima, era só um tufo isolado no céu. "Não vai dar nada."

"Mas se der, a gente tá fudido. Os eletrônicos vão tudo pro saco."

Eu não tinha nada pra falar, mas queria ficar ali tomando uma breja. Pensei em algo pra dizer e acabei perguntando como ele e o Ulisses se conheceram. Não que eu realmente quisesse saber, foi mais pra não ficar no vazio.

"Ele não te contou? Tinha uma mulher querendo se jogar aqui da ponta do trapiche. Ele tentou convencer ela de desistir. Eu tava no barco e vi tudo. Quando o bicho foi estender a mão, a mulher se jogou. Aí o maluco pulou pra salvar, mas nenhum dos dois sabia nadar. Aí fui remando e resgatei eles. A mulher nunca mais vi. Acho que nem era daqui."

Ulisses acordou umas duas horas depois, quando eu já não aguentava mais ouvir Leôncio narrando cada movimento que fazia. Ajeitou o casaco e foi no banheiro. Pelo barulho, acho que vomitava. Bati na porta.

"Se quiser, eu vou lá sozinho", avisei.

Não respondeu. Abriu e secou o rosto. Mandrake tava com olhar sonolento e demorou um pouco pra nos seguir.

"Pra onde cê vai depois que destruírem a casa?" perguntei.

"Vou dormir na praça num dia e no cano no outro. E você?"

"Espero ter alguma pista sobre o meu irmão amanhã."

"Eu já te disse pra você ligar pro seu pai."

Puxamos a sacola, não pesava tanto quanto antes. Deve ter dado pouco movimento na pizzaria. Ulisses tentou carregar sozinho e quase caiu. Peguei e joguei pras minhas costas e saímos do beco. A poucos metros de entrarmos na rua da praia, uma viatura seguiu rápido pela estrada com as luzes ligadas e reduziu a velocidade logo depois de passar por nós. Deram a ré. Ulisses disse pra mim não falar nada que ele ia resolver com os policiais.

"O que tem na sacola?" o do volante perguntou pra mim.

"É só lixo." respondeu Ulisses.

"Eu perguntei pra ele."

Mandrake latiu pro meganha.

"Abre."

Coloquei no chão, desamarrei e mostrei. Os policiais não falaram mais nada. Só saíram cavando feito rebelde bacana.

Nossos pratos tavam na mesa quando voltamos. Eu não tinha mais nojo das fatias misturadas, mas me permiti não comer as mordidas. Minha preferida é a de lombinho. Os caras capricham nessa. Enchemos a pança de cerveja e pizza.

Bebi até ver as estrelas dançarem.

XIV

Acordei com o som da parafusadeira. Era confortável ficar deitado embaixo do cobertor, mas eu precisava ir no banheiro pra dar uma mijada e lavar o rosto. O armário foi desmontado e tava na frente da casa. O pessoal do móveis usados ficou desparafusando o guarda-roupa no quarto do Leôncio. Ulisses dobrou o jornal no sofá da cozinha e disse que o Maurino vendeu quase tudo porque a quitinete já era mobiliada.

Os caras deixaram a grana com Ulisses e foram embora levando as peças. Leôncio deve ter encontrado eles no meio do caminho, pois chegou em casa em seguida. Disse pra mim me aprontar que iríamos na Fortaleza.

"Claro. Só vou colocar uma jaqueta."

Não consegui tomar um café decente, mas pelo menos levei uma fatia de pizza pra comer no caminho. Ajudei Leôncio a colocar as sacolas de roupa no pequeno barco e remei enquanto ele empurrava pra ganhar distância. Era menor do que eu imaginava, só tinha espaço pra duas pessoas e mais um punhadinho de coisas no meio. Se jogou pro barco e tomou o remo.

No início o cara fica enjoado com o balanço, acha que vai vomitar, mas aí acostuma. O vento tava forte e tive de segurar com as duas mãos com medo do barco virar. Avisei pra ele que eu não sabia nadar. "Então é melhor não cair na água" Remou próximo do raso e continuamos a viagem. Passamos perto da área onde eu e o Anjo caminhamos no dia anterior.

"No mar eu me transformo," disse ele "não sinto falta dos vícios e nem das pessoas."

Meu pai pescou muito na época da inflação. Chegou a usar os peixes como moeda de troca. A gente já não aguentava mais comer qualquer coisa que viesse do mar.

Avistei uma muralha. Apontou onde ficavam os canhões. Tentei não me molhar ao sair do barco, mas foi impossível. Quis saber se eu conseguiria resolver tudo em uma hora e então combinou de me buscar.

Passei pela orla e depois subi a escadaria. Lá de cima eu tinha uma baita visão da praia. É um privilégio morar na ilha. Fui até a bilheteria pra chamar o guia, mas não lembrava o nome do cara ou talvez o tecladista nem tenha passado. A sorte foi que no bolso da jaqueta restou uma grana das vendas de ontem.

Comprei o ingresso e passei pela catraca, me juntando ao grupo de pessoas na portaria. O guia era um careca com uma tatuagem mal feita na mão. Uma mulher ao meu lado falou pro marido sobre a sensação de ter estado na Fortaleza em uma vida passada.

Prosa ruim. Nota: 3,7. Fuga parcial do tema proposto.

O guia ergueu os braços e pediu atenção.

"Antes de começarmos a nossa viagem, é importante contar um pouco da história de Florianópolis. Os índios tupis-guaranis foram os primeiros habitantes da região. Viviam da agricultura e da pesca de moluscos. Os registros datam de 4.800 anos antes de Cristo. Em aproximadamente 1675, Francisco Dias Velho, sua família e conhecidos povoam a ilha e fundam a Nossa Senhora do Desterro. Em 1726, Nossa Senhora do Desterro é categorizada como vila. Por ter uma posição estratégica, a ilha de Santa Catarina passa a ser ocupada militarmente a partir de 1737. A Fortaleza de São José da Ponta Grossa começa a ser erguida em 1740 como necessidade de defesa do nosso território. No século dezenove, Desterro é categorizada como cidade e em 1823 se torna Capital da Província de Santa Catarina. Com a Proclamação da República em 1889, o novo governo sofreu resistências locais e em 1894, com a vitória do grupo comandado pelo Marechal Floriano Peixoto, foi determinada a mudança do nome da cidade de Desterro para Florianópolis, em homenagem ao Marechal. A partir de agora, começa a nossa jornada pela Fortaleza de São José da Ponta Grossa."

Acima de onde távamos, na portada, ficava a ponte levadiça. A Fortaleza foi tombada em 1938 e continuou esquecida até a UFSC assumir, em 1991, quando os caras restauraram a porra toda. Foi aberta pra visitação em 1992. Depois seguimos pro calabouço. As grades de ferro foram pro saco fazia tempo, mas dava pra ter uma ideia da tormenta que devia ser o lugar. Era onde prendiam os inimigos e os próprios soldados, se necessário. A casa da guarda era o posto de vigilância e controle de entrada e saída. As janelas são pequenas pra dar mais segurança pro defensor. A área de fogo cruzado, onde ficavam os canhões, era uma estratégia de sistema triangular com mais outras duas fortalezas. Mesmo assim, em 1777 fomos invadidos pela Espanha. Eles tinham muito mais soldados que a gente.

A casa da palamenta era onde ficavam as peças de funcionamento e reparo da artilharia, mas não sobrou quase nada dela, por isso só foi possível restaurar os vestígios. A guarita precisou ser circular e com pequenas aberturas pro sentinela ver tudo que acontecesse ao redor. O quartel da tropa era pequeno porque os soldados moravam perto e se alimentavam em casa, então nao tinha necessidade de ser grande. Uma velhinha fazia renda quando entramos e continuou na função como se nem estivéssemos na sala.

Subimos a escadaria e chegamos na casa do comandante. Dentro de caixas de vidro ficavam umas louças quebradas da época. O paiol de pólvora era ao lado. A capela foi a parte mais interessante da fortaleza. Vou levar meu Anjo pra gente casar aqui. É pequena, então não vou precisar convidar nenhum filho da puta. Tinha uns banquinhos de comer merenda, um bonequinho de porcelana no altar e duas portas pro padre.

A viagem terminou e me adiantei em falar com o guia. Perguntei se ele tocava baixo. Fez que sim. Falei então do meu irmão.

"Claro. Fiquei sabendo que ele desapareceu. Acho que ele tá de caô."

"Por que acha isso?"

"Ele falou o que ia fazer quando foi lá em casa."

"Era num domingo?"

Ele pensou um pouco.

"Era. Eu lembro que fui dormir cedo, que segunda eu faço curso de manhã."

"E o que ele falou? Tava sozinho?"

"Calma, amigo, uma pergunta de cada vez. Ele dormiu lá em casa, mas falou que a guria dele tava num hotel esperando ele juntar a grana pra irem embora."

"Qual hotel?"

"Não faço a menor ideia. Ele não falou."

Perguntei se meu irmão tentou vender alguma coisa e se deu alguma explicação pra onde ia.

"Comprei umas camisas de rock e uns discos. Ele disse que tava vendendo tudo porque ia se casar e tinha encontrado uma casa no interior do estado."

"Qual cidade do interior?"

"Cara, acho que ele não falou… e também nem perguntei. Eu tava com muito sono quando ele apareceu. Mas tenho certeza que não tá sumido. Só deve tá se ajeitando. Daqui a pouco aparece."

"Sabe se procurou por mais alguém?"

"Cara, sei que ele foi falar com o André antes de ir lá em casa..."

"Sei quem é."

"... Teu irmão chegou com um corte na boca. Perguntei o que tinha acontecido e ele falou que tinham caído na porrada e tal."

"Eu já falei também com o tecladista. Esqueci o nome dele, mas enfim... Tens o contato do batera?"

"O Odson? Não tenho. Mas consegues falar com ele amanhã de noite na festa julina ali na igreja de Canasvieiras. Ele teve aqui outro dia me convidando pra tocar, porque eles tavam sem baixista, mas passei a bola pra outro. Pra mim já deu. Esse negócio de ser músico não tava rendendo... e já te adianto que não vais conseguir muita coisa. O Odson e o teu irmão não tinham tanto contato."

Esperei por Leôncio no mesmo lugar que tinha descido. Quando chegamos em terra, ajudei a empurrar o barco até um toco de madeira enterrado na areia. Amarrou o barco e voltou pra casa. Fui no orelhão ligar pro meu Anjo e combinamos de eu esperar ela no ponto da praça. "Minha mãe não tá muito feliz com a ideia de eu ir na casa de gente estranha." Não respondi nada, a velha tava certa.

Não tinha mais nem a mesa e nem as cadeiras quando voltei pra casa. Leôncio dormia no quarto e Ulisses tava deitado no sofá da cozinha, se cobria com o jornal enquanto acariciava as orelhas do Mandrake. Pediu pra mim pegar uma garrafa de cerveja na geladeira. Voltei com dois copos e sentei no braço do sofá.

"A gente tem que beber e comer tudo hoje. Amanhã vai vir um pessoal pegar o fogão, a geladeira e a pia."

Acendi um palheiro. Ulisses quis saber o que consegui na Fortaleza. Até agora só dei passo de formiga. A última cartada vai ser amanhã. Vou falar com o baterista.

"Promete que vai voltar pra casa? Pega as informações que conseguir e passa pra polícia, mas volta pra casa. Pensa no teu pai."

"Onde eu moro tá um inferno. Não posso voltar pra lá assim."

"Mas precisa."

Eu não queria saber daquele papo. Levantei e fui tomar banho. Depois fui pro quarto e fingi deitar um pouco. Escurecia quando acordei. Rolava um som alto do Dire Straits. Leôncio preparava a carne na churrasqueira de tambor e Ulisses trazia mais cerveja do mercado.

Me arrumei rapidinho e fui esperar meu Anjo no ponto da praça, mas ela é quem me esperava quando cheguei. No caminho, alertei sobre o que encontraria. O negócio era preparar bem a coitada pra não ter nenhum baque.

"O que conseguiu na Fortaleza?"

"Descobri que eles foram pro interior. Amanhã vou falar com o baterista na festa julina que vai ter no teu bairro, mas sinceramente não tô muito confiante. Acho que não vou conseguir mais nada além do que já tenho."

"Posso ir contigo?"

"Lógico. Vai ser massa."

"Tem mais uma coisa... Minha mãe quer que eu volte no último ônibus."

"Sério? Poxa." Abri os braços "Podias ter inventado uma história."

Ela parou de andar e me olhou sério.

"E por que eu mentiria?"

Ficou fascinada com a trilha de pedras e deu várias ideias de vasos de flores pra enfeitar o lugar. Não tinha mais necessidade, tudo ia sumir no dia seguinte.

Leôncio batia o espeto na carne quando chegamos.

Ela adorou o Mandrake e ele também gostou dela.

"Então essa é a namorada do meu amigo." disse Ulisses.

Abri uma garrafa de cerveja e dividi com meu Anjo. Tava meio tímida sem saber o que fazer. Normal. Conheceu o pessoal agora. Leôncio colocou um ao vivo do Raça Negra. Começou com Extrapolei. Falei no ouvido dela, "Ele se chama Maurino, mas pra mim devia ser Leôncio." Riu e olhou pros lados. "Seria um sonho morar perto da praia e das árvores."

Peguei em sua mão e levei ela pro quarto. Encostei meu Anjo na parede, agarrei seu rosto e beijei sua boca. O beijo dela era doce e puro, só de descrever agora, o meu pau já ficou uma estaca. Me abraçou e minhas mãos desceram até sua cintura, descansando em cima dos bolsos. Paramos de nos beijar e afastei minha cara pra ver ela melhor. Sorria pra mim.

"Pensei que eu é que ia ter que te beijar."

Deitamos no colchão. Eu não queria ir além do beijo, não naquele momento. Só tava a fim de ficar com ela, olhar pro escuro do céu e deixar o sentimento bom de euforia me afetar pro resto da noite.

"Ainda tenho uma boa grana pra sobreviver por uns dois meses." disse eu "Vou tentar alugar uma casa ou uma quitinete e sair por aí mandando currículo."

"Mas tu não tem idade pra isso. Acha que vai conseguir viver que nem um adulto? Trabalhar, pagar contas, aluguel, responsabilidades..."

"Eu peço pro Ulisses dar uma de meu tutor. Não vai ficar muito feliz com a ideia porque espera que eu volte pra casa, mas eu convenço ele."

"Ele tá certo." Passou a mão nos meus cabelos "Só não suma."

Leôncio bateu na porta. "Deixa pra namorar mais tarde. Vamos curtir a festa."

Saímos do quarto. Ulisses e Leôncio dançavam É Tarde Demais como se tivessem num baile de formatura. Peguei mais uma garrafa de cerveja na geladeira e fomos pra frente do tambor. Tinha um prato de linguiça em cima da pedra. Tava mais quente fora do que dentro da casa. Segurei o prato, meu Anjo sentou na pedra e comemos.

"Tive a sorte de conhecer esses caras, senão eu ia dormir na rua."

"E amanhã, depois que a casa for pro chão, aonde vai passar a noite?"

"O Ulisses vai dar um jeito."

"Se quiser, eu posso ver com a minha mãe se..."

"Não. Nada a ver."

Tentei um beijo, mas afastou. "Não gosto de beijar depois de comer." Eu não sabia se eu também tinha esse nojinho porque beijei pouco nessa vida.

"E se não derem um jeito de conseguir um lugar, não é melhor ligar pro seu pai?"

"Não, claro que não."

"Mas ele deve tá apavorado com o teu sumiço."

"Me disseram isso faz pouco tempo, mas ele vai sobreviver. E o teu, tens contato com ele?"

"Eu detesto meu pai. Sempre detestei, mesmo quando era casado com a minha mãe. Mas não quero falar dele."

Me olhou como quem analisa o paciente.

Avisei pro Leôncio que a carne tava no ponto. Desgrudou do Ulisses e pegou um prato grande na pia, despejou a carne, cortou uma caralhada de pedaços e nos chamou pra cozinha. Sentamos em círculo no chão. O coitado do Mandrake babava olhando pro prato, ate Ulisses jogar dois pedaços pra ele. O bicho se satisfez.

"Vou sentir falta daqui." Leôncio olhou pras paredes da cozinha "Amanhã vai tudo pro saco, mas eles vão se fuder na minha. Não vou dar o gostinho pra esses merdas." Comeu um pedaço e emborcou a cerveja "Quando eu tiver mais velho, vou mandar bala nesses caras. Vocês riem, mas é papo sério. Eu vejo aqueles malucos se matando, metralhando escola. Eu vou é ser herói, vou é mandar bala nos engravatados.

Quando eu tiver bem no fim da vida e mais nada pra perder, escreve o que eu tô te dizendo, vai ser um festival de defunto."

"Nossa, que horror." disse meu Anjo.

"Para de falar besteira e come aí." pediu Ulisses.

"Não é besteira. Eu não tô falando isso porque tô indignado. Desde novo eu já tinha esse pensamento. É certeza. Eu vou morrer herói."

De repente Leôncio levantou, tirou o Raça Negra e colocou a fita do Dire Straits. Tocou Money for Nothing. Ele levantou o Mandrake e começaram a dançar, deixando o animal só com as patas traseiras no chão.

"Já tá bêbado", disse Ulisses indo buscar mais carne da brasa.

"Tem certeza que cê vai embora?" perguntei pro meu Anjo "Não quer dormir aqui? Sei que a condição não é boa, mas seria legal se tu ficasse."

Ela deu um gole na cerveja, olhou pensativa pro chão e depois voltou os olhos pra mim.

"Durmo."

"Queres avisar a tua mãe?"

"Não precisa, ela já sabe. Eu tava só te testando."

Que filha da putinha. Lembra que ela tinha vindo com aquele papinho de "E por que eu mentiria?", né? É aí que a gente pega o pilantra.

Leôncio tropeçava pela cozinha e falava sozinho. "Amanhã vai ser o grande dia, eu sou um homem de negócios" e não sei o que lá. Só tinha mais um tico de carne que Ulisses tirou da churrasqueira.

No fim da noite rolou Whisky a Go Go na rádio. Nos abraçamos todos, pulamos pela cozinha e berramos o refrão até depois da música acabar. Leôncio e Ulisses ficaram deitados no chão fazendo martelinho de Velho Barreiro. Mandrake tava jogado na frente do fogão fazia tempo.

Eu e meu Anjo escovamos os dentes, demos boa noite pro pessoal e fomos pro quarto. Lamentei a falta de telhado e pedi pra que deus não mandasse nenhum vento de madrugada ou coisa pior. Fechei a porta, tirei a carteira da mochila e joguei no lado do colchão. Meu Anjo se enfiou embaixo do cobertor. A lâmpada tava presa pelo fio e balançava por qualquer movimento. Apaguei a luz, tirei a jaqueta e deitei. Na cozinha rolou Belchior.

Pela luz da noite vi seu sorriso dando lugar a um olhar penetrante de brilho intenso. Olhamo-nos no fundo dos olhos. Lentamente nossos lábios se encontraram no igual tempo em que os olhos se fechavam. Nossas línguas deslizavam uma sobre a outra. Acariciei sua cabeça enquanto mordiscava seu queixo; senti os longos cabelos lisos passarem por entre meus dedos. Ela estava com um cheiro maravilhoso de uma flor rara. Fechava os olhos e dava suspiros de prazer a cada beijo meu em seu pescoço. Abraçamo-nos forte e unicamente agarrados um ao outro. Tirei sua roupa com toda a calma, excitação e delicadeza do mundo, beijando cada parte de seu corpo. Meus dedos percorriam determinando território até chegar à sua vagina deliciosamente úmida. Contornei seu lábio com o meu. O mundo era só nosso e aquele momento era mágico e único.

Eu, quase totalmente nu e ajoelhado à sua frente. Ergui suas pernas e deixei-as sobre meus ombros. Chupei cada lado daquela maravilha no instante em que enfiava dois dedos em sua vagina e massageava seu explícito clitóris com meu polegar. Estava totalmente encharcada. Gemia cada vez mais alto com uma respiração ofegante, apertava os mamilos, se contorcia e às vezes até tremia involuntariamente como se tivesse encontrado o pote de ouro. Nem eu aguentava mais. Caí de boca em sua carne. Masquei seus pequenos velos que ficavam um pouco mais acima. Tirei o polegar e desci a língua até o grelo, dei algumas lambidas para senti-lo pulsar e logo parei. Queria vê-la implorar para ser penetrada e isso me deixaria mais excitado ainda. Retirei os dedos de dentro de sua vagina e penetrei-a com a língua o mais fundo que pude. Fiz vários contornos dentro dela tentando encontrar o limite do impossível. Senti o gosto de mel e fel do líquido que escorria por minha língua confortavelmente extasiada.

Novamente afoguei dois dedos enquanto minha mão esquerda tocava levemente seus peitos que cabiam como conchas do mar. Inclinei a cabeça para ganhar mais agilidade na língua, só que não tinha mais jeito, ela se contorcia como ostra no limão. Estava gozando para mim.

De repente fez uma contorção rápida e praticamente engoliu a glande do meu pênis. Começamos então uma nova sessão; ela com a boca no meu pênis e eu com a boca em sua vagina. Chupávamo-nos de lado, pois era possível fazer com mais intensidade. Senti uma sensação incrivelmente ótima e úmida ao redor do meu membro rígido. Ela fazia questão de deixá-lo molhado, isso era bom, porém toda a vez que fazia era sinal de que ia engolir até o último centímetro. Tentei me controlar, mas a sensação era tão boa que fora impossível. Abracei bem forte sua cabeça e comecei a meter de forma tão frenética que fiz daquela boca sua segunda boceta. Numa sensação única, ao qual não pude segurar por muito tempo, enterrei meu pênis até o limite de sua garganta e enchi de sêmen aquela boca tão delicada.

Quando tudo já estava na mais perfeita tranquilidade, ela se levantou. Um pouco de esperma ainda escorria pelo canto de sua boca. Em seguida abriu a janela do quarto e cuspiu.

Voltou num pulo e começamos então novamente as carícias, só que desta vez um pouco mais selvagem. Mamei em seus peitos pequenos que cabiam direitinho em minha boca e esfreguei a mão em sua boceta áspera.

"Não estou mais aguentando, amor. Enfia logo. Esta noite serei só sua e você será apenas meu, e quando o gozo chegar seremos um só."

Fiquei por cima. Olhamo-nos fixamente, ambos queríamos dizer algo, só que o olhar e os gemidos traduziam o que sentíamos; era real. Estávamos vivendo o momento. Enfiei a glande de leve e logo tirei. A contração de seu rosto mostrava o quanto realmente queria aquilo. Fiquei colocando e tirando a cabeça do pênis por um breve momento até que deslizou e começou a entrar bem devagar. Pude sentir sua boceta úmida e quente novamente. Aumentei alternadamente a velocidade das estocadas apoiando-me sobre os braços, queria que ela visse meu pênis entrando e saindo, e também que meu abdômen pudesse roçar seu clitóris. Trocamos de posição depois de um tempo, coloquei-a sentada de frente para mim, mas desisti quando percebi que não era uma posição muito excitante e confortável. Então me deitei de frente para ela, que fez o mesmo. A única coisa que nos unia agora era minha estaca sendo sugada por sua boceta e meus dedos que tocavam seu grelo. Ela gemia cada vez mais, pronta para gozar novamente. Desliguei-me de seu corpo e a virei de lado. Dei um tapa de leve em sua nádega lisa e encaixei em sua boceta por trás. Toquei seus seios e apertei seus mamilos enquanto chupava seu pescoço e nuca por alguns instantes, em outros gemia em seu ouvido. Vi-a quase que se espremendo. Aumentei a velocidade ao extremo. Ela gozava, arranhava meu braço com força. Consegui ouvir o barulho das estocadas. Também pude sentir todo o jato percorrendo meu canal e sendo lançado como um foguete pronto para entrar na Via Láctea.

Foi esplêndido, sem palavras... Respirei fundo e retirei lentamente meu pênis de dentro dela ainda sentindo sua contração. Beijei sua testa. Ficamos deitados lado a lado trocando carícias e olhares profundos.

Nota de sua editora:

Samuel, é importante que você escreva apenas a verdade. Eu li o original e não havia nada disso. Acredito que você tenha copiado o trecho de alguma revista de contos eróticos, pois até a escrita ficou diferente na passagem acima, além dos advérbios inúteis. Por favor, refaça. E lembre-se que temos a versão original.

Atenciosamente, Francieli.

Foi estranho. Era bom e bem diferente do que eu imaginava. Falando agora, até lembro como foi difícil. Essa vida de punheteiro me atrapalhou bastante. Eu queria colocar meu Anjo em várias posições, como vi nos filmes. Mas quando abri as pernas dela pro alto, pediu pra mim ir devagar. Fiquei em cima e nos beijamos enquanto a gente fazia o que tinha de ser feito. Como eu disse, foi bom e estranho. “Na primeira vez é assim mesmo, mas depois melhora.” Ela disse tentando me consolar. Vou esperar pela próxima vez.

Mexi em seus cabelos até meu Anjo dormir.

XV

Acordamos em alguma hora da manhã com o barulho de marretadas e madeira sendo lascada. Pedi pro meu Anjo não levantar. Vesti a calça e coloquei o canivete no bolso. Eu sabia o que tava acontecendo, só queria fazer uma graça pra impressionar ela.

Leôncio saiu do quarto quase no mesmo instante. Não fez grandes movimentos, só olhou pros caras desfazendo a parede da cozinha e disse: "Não vou dar esse gostinho praqueles merdas", e voltou pro quarto. Fui até Ulisses. Tomava café sentado na pedra enquanto lia o mesmo jornal de sempre.

"Quantas vezes tu já descobriu que o Nelson Mandela foi solto?"

"Umas três vezes por semana."

"Os caras vieram cedo."

"Eles ainda nem chegaram. Esses aí são uns que o Maurino vendeu as madeiras."

Escovei os dentes e voltei pro quarto pra avisar ao meu Anjo o que acontecia. "Preciso ir embora. Já era para eu estar na floricultura."

Tomou um banho e esperamos o ônibus na praça. Combinamos de eu ligar mais tarde pra marcarmos o horário de nos encontrarmos. Tentei dar um beijo nela, mas desviou. "Não consigo beijar pela manhã, por causa do bafo matinal." Rolou só um selinho, entrou no ônibus e foi embora.

Enquanto voltava pela costa da praia, vi os caras carregando as madeiras empilhadas em uma chapa de aço com rodinhas. Logo atrás vinha mais dois caras carregando a pia.

Leôncio se estirou no sofá e bebia cerveja como se tivesse sendo obrigado. "É pra curar a ressaca." Não tinha mais energia elétrica e só nos restava detonar o que tivesse na geladeira. O banheiro e os quartos ainda tavam de pé.

Ulisses adiantou em fritar peixe antes dos caras virem pegar o fogão.

"Como é que vocês vão ficar, rapaziada?" perguntou Leôncio "Ouvi no rádio que hoje vai ser uma das noites mais frias do ano."

"Eles sempre falam isso no inverno." respondeu Ulisses.

Voltaram pra pegar a geladeira e colocamos numa bacia de gelo as duas garrafas de cerveja que ainda restavam. Arrancaram as madeiras dos quartos, ficando só o banheiro de alvenaria e sem utilidade. Levaram o fogão depois do meio-dia.

Sentamos no chão lascado e abrimos uma garrafa.

"Os caras esqueceram as marretas." disse eu.

"Não esqueceram não." disse Leôncio "Eu comprei deles. É pra ter três aí."

"Só tô vendo duas... Ah, já vi a outra."

Leôncio cambaleou até o banheiro e vomitou. Depois abriu a porta como se acabasse de nascer e pediu pra ajudarmos a quebrar o que restou. "Deixa só o vaso."

E toma porrada no azulejo. Mandrake encolheu de medo pelo barulho das batidas. Cacos de porcelana se espalhou no chão. E concreto rachando. E concreto quebrando. Tijolo exposto. A pia se partiu. Chuveiro estilhaçado. A marreta comeu tudo. E veio a queda. Ulisses teve um acesso de tosse com a poeira que levantamos. Tomou um copo de cerveja e melhorou.

Nós três ali com marretas nas mãos, cansados, respirando o ar gelado do dia. Olhei pro bacio cheio de vômito, a única coisa inteira no meio do entulho.

Abrimos a última cerveja. Não tava gelada, mas o frio ajudou a manter uma temperatura suave de beber. Ulisses avisou que a polícia tava vindo. Olhei. Eram operários com ferramentas, policiais com cacetetes e um arrumadinho carregava uma pasta. Vinham pela costa da praia. Ia levar uns minutos até chegarem. Arrumei a mochila e fechei dois cigarros.

"Com licença, cavalheiros." disse Leôncio. E baixou a calça, sentou no vaso e ficou ali fumando e cagando.

Era só foguete. O cheiro de merda espalhou com o vento e não dava pra dar descarga porque não tinha mais cano, nem água e nem porra nenhuma. Pior que eu tava com fome e queria continuar comendo o peixe, mas com aquela catinga era difícil.

"Algum de vocês quer dar uma cagadinha?"

Limpou o cu com a cueca e jogou no vaso.

Pensei em sair dali, porque se os meganha inventassem de pegar meus documentos, eu tava era fudido, iam saber que fugi de casa. Mas nem deu tempo, os caras chegaram na trilha de pedras antes de me preparar pro pinote. A parada agora é matar no peito e esperar a bronca.

O oficial chegou com quatro policiais atrás. Mandrake latiu e Ulisses teve de segurar o cachorro pela corrente. O engomadinho nos cumprimentou, esfregou a mão no nariz pra conter a marofa e entregou o documento pro Leôncio, que não chegou a ler nem metade da metade do texto.

"Bonito esse poema, mas eu acho que tu tá viajando na maionese. Aqui não tem nenhuma casa, não. Mas se vocês quiserem derrubar..." apontou adiante "Tem aquele resort ali que também tá em área de preservação. Mas acho que esse tipo de documento não chega lá, né, camarada? Vai. Leva os meninos aí pra acabar com a festinha dos bacanas." Deixou o documento cair "Tô de bobeira, não."

Coloquei a mochila nas costas e fiquei pianinho ao lado do Ulisses. Qualquer coisa, ele é meu pai. Os homens tavam parados nos olhando deixar o terreno. Descemos a trilha e encontramos os operários enfileirados esperando a ordem. Ouvi quando um deles prendeu o riso.

Olhei pra trás ao chegarmos na costa. Nem o oficial e nem os policiais tavam mais lá. Leôncio desamarrou o barco e empurramos até o começo da superfície.

"Marcasse meu endereço?" perguntou pro Ulisses.

"Tá anotado, pode deixar."

"Precisam de um troco? Peguei uma boladinha nessas vendas."

Negamos a ajuda, embora fosse uma boa.

"A gente se vê então. Apareçam lá pra tomar umas." Deu um abraço bem apertado no Ulisses e uns tapinhas na bunda do Mandrake. Se dirigiu a mim "Samuca, desculpa qualquer coisa. Espero que tu encontre o teu irmão logo."

"Tá tudo certo. Eu é que te agradeço por me abrigar nesses dias."

Aceitei a convenção e recebi o abraço.

Empurramos o barco até depender só do remo, acabamos molhando a bainha das calças. Leôncio remou, tomou uma pequena distância e jogou um maço de cigarros pra mim. Agarrei.

O oficial, os policiais e os operários passaram por nós, mas nada disseram. Aos poucos o homem no barco foi ficando menor, até desaparecer na rota das pedras.

"Pra onde a gente vai agora?" perguntei.

"Vamos fazer um tempo na praça."

Ulisses diminuiu os passos e cuspiu algumas vezes.

"Tá a fim de ir na festa de hoje de noite?"

"Vou passar a tarde procurando um lugar quente para as noites que a gente não puder ficar no cano."

Parou de caminhar e deixou cair a corrente do Mandrake. Inclinou pra pegar e acabou abrindo o bocão. Soltou um arroto que se encerrou com o vômito de uma baba grossa. Perdeu o equilíbrio, mas consegui segurar ele. Vomitou de novo. E dessa vez saiu até pelo nariz. As pernas dobraram, deu um passo pra frente e então endireitou. Mandrake não latiu, só olhou espantado.

"Bebi demais." Assoou o nariz e depois cuspiu.

"Consegues caminhar? Vamos comer alguma coisa e tomar uma água pra ver se passa."

O vômito era uma gosma parecida com água-viva. Chutei um pouco de areia da praia em cima e consegui cobrir.

Paramos na praça. Sentou no banco do xadrez, baixou a cabeça com as mãos apoiadas nos joelhos e cuspiu mais um pouco.

"Depois que o cara vomita, fica novo em folha." E levantou num pulo "Vamos lá na padaria. Não tenho mais nada pra botar pra fora. O que acha de a gente pegar um x-burguer?" me deu um tapa no ombro e seguiu com o Mandrake "A coxinha deles é muito magra."

"Perfeito. Tá na hora de comer que nem gente."

Fui atrás.

Parou na frente da vidraça da padaria dos bacanas e encostou a mão no vidro como se quisesse agarrar o bolo.

"Minha filha adora o de chocolate com nozes."

"Não sabia que tinhas filha. Vamos entrar então nessa porra e comprar uma fatia. Os bacanas que se fodam."

"É isso aí." Se animou.

Ulisses abaixou pra amarrar o Mandrake no ferro de estacionar bicicleta e aos poucos foi caindo pra trás. Demorei a entender que ele tava apagando e não consegui ser rápido pra segurar. Bateu com a cabeça na calçada e começou a tremer com os punhos fechados perto do peito, parecendo que chamava alguém pra porrada. Uma gosma borbulhou dos seus lábios. Tentei abrir a boca dele pra tirar aquela massa, mas ouvi uma mulher gritar pra mim não fazer. Era uma loira bacana toda arrumadinha. Correu desengonçada no salto alto do fundo da padaria, pediu pra mim me afastar, virou o Ulisses de lado e segurou a cabeça dele. A gosma escorreu. Mandrake uivou. Percebi que eu tremia de nervoso.

"O cachorro quando uiva é porque alguém vai morrer." disse um senhor atrás de mim.

"Para com isso, seu atolesmado." disse a mulher do matuto.

Ulisses parou de tremer e foi voltando ao normal. Aos poucos foi aglomerando uma cabeçada de gente. A loira bacana acariciou a cabeça dele e perguntou se queria ir pro hospital. Ele abriu a boca pra falar, mas só saiu uma tosse catarrenta que sujou as mãos da bacana.

"Já faz uns dias que ele não tá bem." disse eu.

"Ajuda a colocar ele no carro."

O atolesmado me ajudou a levantar o Ulisses e atravessamos a rua apoiando ele nos braços. Colocamos no banco traseiro do carro da loira bacana. A caranga tinha espaço pra entrar tranquilo uma família.

"Você vem junto?" perguntou ela girando a chave.

"Ele não pode. Tem que cuidar do cachorro. Eu não preciso de hospital, eu tô bem."

"A senhora traz ele de volta?" perguntei.

"Não posso. Tenho coisas pra fazer daqui a pouco. Mas eu deixo o dinheiro do táxi pra ele."

"Me espera na praça." Pedi pro Ulisses.

A loira bacana fechou a porta, deu a ré pra sair da calçada e foi na velocidade de quem se importa. Mandrake correu atrás do carro e eu corri atrás dele tentando pegar pela corrente. O cachorro desistiu e começou a latir no meio da rua, quando o carro tomou uma velocidade maior.

Eu queria ir pro hospital, mas eu não sabia em qual ele estaria e não tinha ninguém com quem pudesse deixar o Mandrake.

"Tá de sacanagem? Traz ele aqui." pediu meu Anjo ao telefone.

"O bicho não tá cheirando bem."

"Traz aqui. A gente dá um jeito."

Fui caminhando com o cachorro até a floricultura. Meu Anjo tirou o avental, dobrou e entregou pra mãe. Acenei pra velha e fingi dificuldade em segurar o Mandrake pela coleira, só pra não ter que aproximar e conversar com a mãe dela. Eu não tinha nada pra dizer. Nunca tenho. Sou só um personagem de mim mesmo.

"Vamos levar ele no pet shop perto da praia." disse meu Anjo.

Perguntei se tinha algum problema em dar banho no frio.

"Uma vez a cada dois meses eu levo meus dois cachorros no pet e nunca tive problema. Tu tem dinheiro aí? Se quiser, eu pago."

"Tenho sim. Não esquenta."

Ela quis saber se consegui um lugar pra ficar e perguntou sobre a situação do Ulisses. Expliquei melhor o que tinha acontecido.

"Tadinho dele. Bater com a cabeça é complicado".

Deixamos Mandrake no pet. Levaram ele pro corredor e ficou na sala de espera. Combinamos de voltar em quatro horas. Meu Anjo não queria caminhar na praia, tava frio. "O que acha de ir lá em casa?"

Abriu a porta e os dois cachorros pularam em cima de mim querendo brincar. Lembrei da primeira noite do Tobias no meu quarto. Pulou desse mesmo jeito quando acordei pra ir pra escola.

Fomos pra cozinha. A casa não era grande, mas era bem trabalhada. Aconchegante, como dizia minha mãe.

Segurei o coador pra ela despejar a água. A desgraçada tinha elegância até pra desligar o fogão. Confessou que gostava de mãos e achava as minhas muito bonitas. Pôs o laço na boca e ajeitou o cabelo.

"Jogas videogame?" perguntou.

E descobrimos muitas coisas em comum. Ela nunca fechou o Contra III. Dei as dicas pra passar nas partes mais difíceis. Falou também da dificuldade em vencer a fase do trilho no Donkey Kong.

Pedi pra tomar um banho e perguntei se ela vinha. Me deu uma toalha. "Eu gosto de tomar banho sozinha." No banheiro abri a mochila e senti o fedor. Eu precisava dar um jeito nas roupas sujas, senão daqui a pouco até as limpas vão precisar de uma lavada.

Meu Anjo se cobriu na cama quando voltei do banho. Olhei praquela carinha de panaca e fiz o que tinha de ser feito, liguei o videogame e passei a fase do trilho.

"Já leu A Hora da Estrela?" perguntou.

"Nunca li nenhum livro até o fim."

"Sério?" abriu o guarda-roupa. Tinha uns cinquenta livros "Pega. Tu vai gostar."

Não tinha figuras, mas era curto. Pelo menos isso.

Quis saber qual curso eu faria.

"Como assim?"

"Não pretendes fazer uma faculdade?"

"Pretendo."

"Vou fazer jornalismo. Sempre quis, desde criança. Quero ser jornalista investigativa. Correr atrás da verdade."

Não alimentei o papo, deixei morrer. Era uma conversa que não fazia muito sentido pra mim.

Tínhamos gosto musical parecido, com exceção de Bon Jovi, que ela amava. Mostrei o walkman. Ficou de cara, nunca escutou um porque só tinha CD. Apertei o play e dividimos o lado do fone. Tocou Olhar 43 na fita. "O som é mais sujo, meio abafado", disse ela.

Adiantou a música, mas não conseguiu colocar no play.

"Primeiro precisa apertar o stop, senão o botão trava."

"Ai, eu amo essa música."

Levantou e me puxou pra ela. Ficamos colados dançando London London. Meu Anjo cheirava bem e não dava pra saber se vinha dela ou das flores que mexia. Nos beijamos até o fim da canção. Aproveitei que meu pau tava pronto pra explodir e coloquei a mão na bucetinha dela.

"Pega a camisinha." pediu.

"Tô sem."

"Então não rola."

"Eu gozo fora, eu juro."

"Não. Eu disse que não rola. Vamos ficar só de boa."

Ficamos de boa. Fomos pra cama e fiz uma massagem nos ombros dela. Meu pau amoleceu aos poucos. Deitei do seu lado e continuamos nos beijando. Meu pau ficou duro de novo e tentei por mais uma vez. Sem chance. Tiramos um cochilo de quase uma hora, até eu acordar no susto, o que fez meu Anjo também se assustar.

"Tive um pesadelo em que eu caía na porrada com o meu irmão num bar. Ele tava uns vinte anos mais velho."

Chegamos no pet shop um pouco depois do horário combinado. Mandrake tava todo brilhoso, igual cachorro de bacana. Aproveitei pra comprar corrente e coleira nova. Minha ideia era deixar ele na casa dela até o fim da festa, mas meu Anjo ficou com medo do cachorro atacar os dela. Os coitados eram bem pequenos e Mandrake era um cavalão perto dos guapequinhas. Não teve jeito. Levamos com a gente.

Chegamos na praia. O começo da noite tava frio pra caralho e pra piorar, tinha umas nuvens bem estranhas perambulando pelo bairro. Parte da extensão de areia foi tomada por barracas e algumas ainda tavam sendo montadas de última hora.

"Não era pra festa ser na igreja?" perguntei.

Meu Anjo explicou que o pessoal diz festa na igreja, pois é a paróquia quem promove. O palco pro show tava montado na calçada colado com o restaurante de frutos do mar. Tinha pouca gente porque ainda era cedo. Uma banda subiu pra passagem de som. Esperei fazerem todo o negócio e fui abordar o baterista quando descia do palco. Perguntei se ele se chamava Odson e se sabia sobre o meu irmão. Mostrei a foto. Disse não duas vezes.

"Quantas bandas vão tocar hoje?"

"A nossa é a primeira e tem outra mais tarde."

O show começou um pouco depois das oito da noite. O baterista era horrível, fazia sempre a mesma virada. Tocaram U2, Green Day e Pearl Jam. O repertório era bom, a banda é que era ruim mesmo. Lá pelas nove da noite a praia tava cheia de famílias comendo amendoim e pinhão.

Comprei dois copos de quentão e fomos pra calçada, pois o Mandrake tava agitado com o movimento de pessoas estranhas. Pouco antes das dez, a banda tocou a saideira e encerraram o show. Os caras desceram vibrando. Vibrando mesmo, saca?

Rolou som mecânico enquanto preparavam a entrada da próxima banda.

Fui comprar um saquinho de pinhão e demorei pra ser atendido. Esses porras combinam tudo de ir pra fila na mesma hora. E ainda quando voltei, pisei em falso na areia e quase levei um embaço.

"Olha lá quem é que tá subindo." Meu Anjo apontou pro palco.

Era o André. O resto da banda veio logo atrás. Testaram os instrumentos e se abraçaram como jogadores quando saem da prorrogação pros pênaltis. O vagabundo pegou o microfone e foi pra frente do palco carregando uma flor branca.

"Hoje é um dia especial, um dia de lembrança. Meu pai completaria cinquenta e sete anos se estivesse vivo. Eu gostaria que cada pai abraçasse seu filho e cada filho abraçasse seu pai. Eu desejo mais respeito e mais amor no mundo... para todos nós." beijou a flor, jogou pra galera e tocaram Pais e Filhos enquanto o público explodia em palmas.

André abriu os braços no refrão feito uma gazela pulando ondinha na virada do ano. Foi pra perto do público e acenou pra uma criança no cavalinho do pai. O baterista tava muito afastado e mal pude ver a fuça dele.

Dedé da filosofia disse que nos próximos meses escolheríamos o novo presidente do Brasil. Pediu o voto com consciência, pois o povo tinha fome. E aí mandaram aquela do Paralamas sobre a sereia e o rabo da baleia.

"Eu conheço o baterista." disse meu Anjo.

"É teu ex?"

"Tá de sacanagem? Nada a ver. Trabalha de entregador no mercado do pai dele aqui no bairro."

O público tava animado com o Andrezinho. Não eram só os aplausos, mas também a energia da multidão, os sorrisos e os olhares. Antes de tocar cada música, o vagabundo vinha com alguma conversa fiada que fazia todo mundo vibrar. Se fosse só eu ali, já ia tacar uma pedra bem na costela do laranjão. "Para de pagar sapo e vai cantar, seu filho da puta."

A saideira veio com Rock and Roll All Nite, mas o pessoal pediu bis. Dedé da filosofia disse que nada é pra sempre, tudo é transitório e que devemos viver intensamente. E aí tocaram Nuvem Passageira, e esse foi o fim, mesmo com o pessoal pedindo bis de novo.

Eu e meu Anjo fomos com o Mandrake até a saída do palco. Os caras desceram na maior panca e Dedé da filosofia foi o primeiro a me ver, fez uma cara de quem colhia cacto com a boca e se aproximou de mim.

"Se tu vier perguntar do teu irmão," apontou o dedo na minha cara "eu vou te meter a porrada. Tá entendendo?"

Eu disse que não vim pra falar com ele, mas nem ouviu, só continuou andando. Passou o guitarrista e depois o baixista. Fiquei na dúvida se devia subir pra falar com o batera ou se esperava descer. Quando cheguei no segundo degrau, o vagabundo surgiu com as baquetas e os pratos.

"Posso falar contigo rapidinho?"

"Curtiu o show?"

"Curti pra caramba. Teu nome é Odson?"

"Isso."

"Queres ajuda pra desmontar a batera?"

"Não precisa. É da igreja."

Não sei pra onde o bicho tava indo, só seguimos. Perguntou se o Mandrake era de raça e disse que o carro tava logo em frente.

"O meu irmão tocou guitarra contigo no Cães de Guerra."

"Ah, claro. Vi uma foto dele com uma mina na televisão. Tá sumido, né?"

"Ele te procurou, queria vender alguma coisa ou falou pra onde tava indo?"

"Odson, não perde teu tempo com esse pau no cu." disse André um pouco mais na frente.

"Me ajuda, por favor. Ele tava sozinho?"

"Ele foi lá no mercado."

André entrou no carro, ligou o motor e abriu a porta do carona.

"Falou pra onde tava indo?" perguntei.

"Não sei. Não consegui falar direito com ele, eu tava saindo pra fazer uma entrega, mas ele vendeu um videocassete pro meu pai. Vou ter que falar com o meu velho pra saber."

André buzinou.

"Tem como a gente ver isso agora?"

"Não, sem chance. Já tá tarde. Faz o seguinte, anota meu telefone e liga amanhã depois do meio-dia. Até lá já falei com o meu velho."

André colocou a cabeça pra fora da janela e disse pra mim:

"Ô, seu zé ruela. Não tá vendo que eu quero ir pra casa?"

"Foda-se tu, otário."

"Que é que tu falou, seu pau no cu?"

Saiu do carro e veio de peito estufado na minha. Joguei a mochila no chão, fechei a mão e preparei pra soltar a bomba na cara do vagabundo. Mas meu Anjo largou o Mandrake e se meteu na frente. Pediu pra ninguém fazer confusão. O cachorro latiu pra ele. André não quis nem saber, empurrou meu Anjo pro lado e veio pra cima. Dei um passo pra trás e acertei um chute na perna dele. Aproveitei e soltei a bomba. Mas o filho da puta esquivou e pulou em cima com um soco que me acertou de raspão na testa. Odson tentou segurar André e também foi empurrado.

Peguei a brecha e meti uma de esquerda na boca do verme. Contorceu todo pra não cair. Aproveitei e joguei a direita pra trás, ia mandar uma bomba e botar o merda pra dormir. Mas de repente, algo prendeu meu corpo. Era o Anjo me segurando por trás. Pedi pra ela soltar. Fiz um esforço pra tirar suas mãos sem machucar ela, e foi aí que levei uma porrada no queixo e desabei de cara no chão.

Ouvi gritos. Abri os olhos feito bêbado. Nada ficava firme na minha vista. Celeste e Odson tiravam o Mandrake da perna do André. Tentei levantar, mas não consegui equilíbrio. Eu tava fraco e tonto. Deixei de lutar contra e esperei o céu parar com o balancinho.

Os berros se encerraram e veio o arranque do carro. Celeste apareceu e me ajudou a ficar de pé.

"O que foi que aconteceu?" eu ainda tava meio grogue.

"Ele te acertou."

Filho da puta. Crocodilagem do caralho.

"Tu me fudeu." Eu disse me babando todo.

"O quê?"

"Tu me fudeu."

"Como assim?"

"Não era pra ter me segurado."

"Tu ia bater nele."

"É lógico. Ele te empurrou, porra."

"Calma."

"Calma é o caralho. Eu me fudi por causa de ti. Era pra ele sair com a cara quebrada e tu me fudeu. Tu me fudeu, porra."

"Não grita comigo."

"Não grita é o caralho. Vai tomar no teu cu. Tu me fudeu, porra. Por que tu fez isso? Sua vagabunda do caralho."

Os olhos dela eram placentas em erupção. Entregou a corrente do Mandrake.

"A gente acaba aqui."

Olhei pra baixo. O cachorro me encarava como se esperasse minha ordem. Eu tava tonto e só queria deitar no chão e dormir por uns cinco minutos. Olhei adiante pra encontrar a Celeste. Tinha pelo menos umas dez pessoas ou mais paradas me observando. Precisava saber onde ela tava, não podia andar por aí sozinha. Fui me recompondo aos poucos.

Pus a mochila nas costas e segui pelo calçadão, afastando dos que me olhavam. Meu queixo doía bastante. Passei a mão nele, mas não tinha sangue, era só dor e uma leve falta de equilíbrio. A festa tava no fim e não tinha mais o amontoado de gente. Se Celeste tivesse no meio, eu encontraria. Cheguei até o final das barracas e nada dela. Larguei a mochila, sentei no banco do calçadão e olhei a maré. Puxei Mandrake pra perto de mim, deixei a cabeça cair pra trás e fechei os olhos pra descansar um pouco. Não consegui. Era pra mim derrubar aquele lixo.

Fechei um palheiro. Boa parte do fumo caiu da seda antes de eu acender. Mandrake soltou um barulho estranho como alguém reclamando de dor. Levantei, coloquei a mochila nas costas e continuei andando. O peso do meu corpo parecia ter multiplicado. Passei pela lanchonete, pelo pet shop e parei por um instante na entrada da rua da Celeste. Queria bater na porta da casa e conversar com ela, mas eu tava muito indignado pra isso e acabaria piorando tudo.

Entrei na rodovia. Parei no posto de gasolina e perguntei pro vigia se Ulisses tinha passado ali. Respondeu que não.

O frio tava pior próximo da praia. Vi uma pessoa deitada na praça. Era Ulisses, pois o cachorro farejou na direção.

Levantou a cabeça quando nos ouviu pisando na grama. Mandrake correu e caiu nos braços dele, lambeu o rosto do doninho e abanou o rabo. Ulisses apontou pro saco de pizza. Eu até tava a fim de umas fatias, mas o maxilar doía pra caralho.

"Como foi lá?" perguntei.

"O médico disse que podia ser virose ou anemia. Falou pra eu me alimentar melhor, colocar mais vitamina C e D no corpo."

"Que merda, cara."

"E você, Samuel, conseguiu alguma coisa?"

Larguei a mochila no chão.

"Só me fudi. Caí na porrada com aquele merda do André, briguei com a Celeste e não consegui nada sobre o meu irmão. Nada de novo."

"Por que você brigou com ela?"

Contei os detalhes.

"E o que você vai fazer pra consertar isso?"

"Nada. Não tem nada pra consertar. A culpa foi dela."

"Tás errando."

"Não esquenta. Semana que vem eu vou lá e a gente se ajeita. Mulher não gosta de cara que corre atrás."

Deitei ao lado.

"E você gosta dela?" perguntou.

"Gosto, claro."

"Gosta mesmo?"

"Lógico."

"Então você não vai deixar pra semana que vem. Isso é pensamento de babaca egoísta. Amanhã você vai na casa dela e vai pedir desculpa..."

"Mas foi ela quem fez merda."

"Ela tava te protegendo. Você disse quc tinha encontrado uma garota legal... e agora vai deixar ela ir embora por uma coisa tola."

Ulisses abriu a mochilinha que usava como travesseiro e tirou um casaco e o maço de jornal. Pediu pra mim cobrir o Mandrake com o casaco, quis dividir as folhas, mas recusei, preferi usar minha jaqueta como cobertor.

"É importante tudo que fez pra encontrar seu irmão. Quando voltar pra casa, não vai mais ser o mesmo de quando saiu."

"Eu não mudei."

"Mudou sim, mas só vai perceber quando voltar."

"Não sei. Agora eu tô sentindo como se tudo que fiz não servisse pra nada."

"Serviu pra você. Você perdeu tudo pra procurar pelo seu irmão..."

"E eu não encontrei."

"Talvez nunca encontre, talvez daqui vinte anos esbarre com ele. A vida é assim mesmo."

Virei pro outro lado e usei as mãos pra cobrir meu nariz do frio. Não vou pedir desculpas pra Celeste por um erro que não foi meu. E pedir desculpa é um negócio difícil, a gente sabe. Eu te amo é fácil. Quase sempre é exagerado, falso ou provisório. Mas desculpa, desculpa é foda.

"E você tem que tirar da cabeça essa ideia de que ela morreu por sua causa."

"Não quero falar sobre isso. Só quero dormir."

"Come um pouco."

"Tô de boa."

"Foi um acidente. Não foi culpa sua. Se não entender isso, nunca vai conseguir seguir em frente."

"Eu tô seguindo."

"Procura um psicólogo. Pode te ajudar."

"Não vou gastar dinheiro com tolice."

"Não é tolice."

"É sim. Coisa de viado de apartamento. Eu sei o que fiz, eu sei o que aconteceu e não vai mudar. É o preço. E agora vou descansar. Boa noite."

"Espera. Empresta teu walkman. Preciso ouvir Belchior."

Passei pra ele. Aproveitei e tirei mais uma muda de roupa da mochila pra usar em cima de mim como cobertor. Tava um frio de envergar a ponta da espinha.

XVI

Pela primeira vez na vida sonhei com o meu pai. Ou pelo menos é a primeira vez da qual tenho lembrança. Ele não tava bem, parecia cansado e muito mais velho. Precisava da minha ajuda pras pequenas coisas do dia.

Acordei e o dia começava a amanhecer. O céu tava nublado. Abri a mochila e bebi um resto de água da garrafa. Me arrastei pra encostar no coqueiro e acendi um cigarro. Levantei com dor na coluna e fui andar um pouco pra curar do frio. Pensei em ligar pro 145 só pra ouvir a voz de alguém, mas deixei de lado e continuei a caminhar. Passei pela praça chutando as britas. Sentei no banco e fiz outro cigarro antes de acabar o meu. Eu disse lá no começo que no frio eu fumo mais. Cê não deve nem tá mais ligado nisso, né? Fui até a praia e dei bom dia pros pescadores que passaram por mim. Espero que Leôncio esteja bem. Apaguei a xepa do meu segundo cigarro e voltei. Aproximei de Ulisses, ele dormiu com a porra do walkman ligado. Deve ter gastado quase toda a pilha. Peguei o aparelho, fui retirar os fones do ouvido dele e vi seus lábios roxos e o rosto pálido. Esperei um pouco, então balancei seu corpo. Chamei seu nome e sacudi seu ombro, tava duro feito gelo. Meu peito ardeu e o coração bateu desregulado. Chamei mais uma vez. Eu não conseguia respirar até o fim por causa da dor, era uma pontada de contorcer o corpo. Minhas mãos tremeram. Chamei novamente e continuei balançando. Estiquei meu braço e toquei o rosto dele com as costas da mão. Tudo tava tão gelado que não dava pra ter certeza de nada. Deslizei o médio e o indicador pra lateral do pescoço. Era só uma massa morta.

Meu grito não teve voz e eu não conseguia me mexer. Minha boca secou. Tudo ao redor escureceu até não ser possível ver mais nada. Pensei no filme do Superman, na parte em que ele gira a terra ao contrário.

Seu grande filho da puta.

Mandrake acordou e deixou o casaco cair das costas quando levantou. Foi cheirar Ulisses. O cachorro deitou sobre as mãos dele, fazendo com que a folha de jornal que cobria o peito do doninho caísse no chão. Eu não queria ver meu amigo sentindo frio. Inclinei pra ajeitar a folha. E foi aí que vi a foto dele no jornal.

Helicóptero cai e mata 3 pessoas a caminho de casamento

Um helicóptero ocupado por quatro pessoas caiu na manhã deste sábado, 3, em Joinville.

A aeronave levava uma família para assistir a um casamento. Morreram no acidente o piloto, uma menina de seis anos e a mãe da criança. O único sobrevivente foi o esposo, o bioquímico Ulisses Gurgel, que foi lançado para fora da aeronave e ficou preso em galhos de árvores. Ele foi socorrido por uma pessoa que estava no local e, em seguida, levado para o hospital, onde recebeu os primeiros atendimentos médicos.

O helicóptero caiu próximo a um sítio. A Polícia Civil investiga a hipótese de que a aeronave possa ter batido em uma árvore. Para o delegado, as condições do tempo podem ter sido determinantes, pois havia muita nebulosidade.

Acabou. Eu perdi. Todos perderam. Fiquei por não sei quanto tempo parado, sem reação. Até meu pensamento em não pensar era algo sem força. Alguém passou na frente da praça e deu bom dia, mas não consegui me mexer nem pra abrir a boca e pedir ajuda. Ajuda com o que fazer, pra quem avisar.

Eu só queria voltar pra casa e esquecer tudo. Pedir desculpas pela minha fuga e acordar pra ir pra escola. Eu tava fraco pra levantar. Essa fraqueza eu conhecia bem. Não surgiu aos poucos. A implosão veio como um nocaute, me mandou ficar sentado e eu levantei. Me mandou ficar parado e eu atravessei a rua. Foi difícil, como quando minhas pernas ficam dormentes e insisto em mexer.

Mandrake ficou onde tava, deitado com Ulisses. Fui até o orelhão do começo da rua. Meu corpo tremia, o coração disparava e eu segurava esse monstro dentro de mim. Ela morreria sufocada, mas eu não ia cair. Não hoje. Não mais.

Nunca mais. Disquei o número do Buba. Demorou umas dez chamadas até atender.

"Alô. Buba? Sou eu..."

"Tás aonde, porra?"

Passei o endereço da padaria e pedi pra ele vir me buscar.

"Fizesse alguma merda?" perguntou.

"Não."

"E por que tás falando desse jeito? Parece que tá sufocado. Usasse droga?"

"Eu preciso desligar agora, senão os créditos vão acabar."

"Tá bom. Vou chegar daqui uma hora mais ou menos."

Respirei fundo. Senti meu estômago revirar. Eu tinha que correr, falar, me mexer. Não podia deixar que ela me pegasse.

Liguei pra Celeste. Quem atendeu foi a mãe.

"Meu Deus. O que queres agora?"

Era pra mim me assustar com seu tom de voz, mas talvez fosse por causa do horário, devia ser quase sete da manhã. Pedi pra falar com a Celeste. Pude ouvir a mãe bufar, deve ter visto a filha voltar triste. Celeste tava com voz de sono.

"Desculpa por ontem." disse eu.

"Tá."

"Vou voltar pra casa. Acabou."

"Encontrasse o teu irmão?"

"Não. Mas só queria dizer isso mesmo. Outro dia eu te ligo e a gente se fala melhor."

"Olha, acho importante tu se desculpar, mas eu quero falar sobre ontem. A gente mal se conhece e tu agiu daquele jeito. Eu tava tentando impedir que acontecesse algo mais grave e tu me ofendeu na frente de outras pessoas. Pessoas que me conheciam, que vão na floricultura. Isso é horrível. Eu lembrei do meu pai e a forma como ele tratava a minha mãe. Eu nunca quis isso pra ela. Por que vou querer pra mim?"

Demorei pra responder. Mas ela sabia que eu ainda tava na linha. Não tinha como não ouvir minha respiração.

"Não sou esse tipo de cara que cê tá pensando."

"Talvez não seja mesmo, mas não vou arriscar. Ontem mesmo vi no jornal uma que arriscou e perdeu. Eu não quero namorar com o meu pai. E eu não quero que tu ligue mais e nem me procure. Pode fazer isso?"

Não era pra ser desse jeito. Eu esperava que a gente pudesse ao menos se ver. Terminar por telefone seria simples e patético. Mas também seria patético esse lance de terminar. A gente nem começou.

"Eu tenho o número do mercado. Tu pode ligar pra lá e pedir pra falar com o pai do Odson, talvez ele te ajude."

"Não precisa. Pra mim acabou mesmo."

"Mas tu chegou tão perto."

"Não cheguei, não. Vou passar pra polícia o que consegui. Eles que se fodam em resolver… é o trabalho deles."

"Tens certeza?"

"O Ulisses morreu."

"O quê? Como assim?"

"Cê tem razão em tudo que disse…"

"O que foi que aconteceu com ele? Tô indo aí."

"... E eu lamento pelo que fiz. Mas é isso."

Desliguei.

Fui pra frente da praia e sentei na mesma calçada que eu e Ulisses nos conhecemos. Um dia aquele homem teve uma história e quem por ali passava, nunca imaginou como ele foi parar na rua. Quem sabe um dia eu ou você sofra de algum mal e acabe no frio da sarjeta, ou se torne mais um solitário pagando por amor.

Por hoje tudo são perdas. Perdi minha mãe, perdi meu anjo, meu amigo, meu irmão, meu cachorro, quebrei e vendi tudo que eu tinha. Eu explodi num choro, um choro que nunca saiu antes, um choro de soluçar. Era eu sufocando a implosão. Era a força da minha fraqueza. Gritei o mais alto que pude. Tão alto que fiz os pescadores no mar pararem a função e direcionarem os rostos pra mim. As lágrimas lavaram minha cara. E eu não me sentia mais preso.

Voltei pra praça e rebobinei a fita no walkman. Mandrake aproximou, afaguei sua cabeça e o abracei. Agora ele era parte da minha família.

Dei play e deixei Ulisses ouvindo A Palo Seco enquanto eu colocava a mochila nas costas. Era o que ele queria. Peguei a corrente e esperei Mandrake parar de cheirar o doninho para então me acompanhar, ele tava se despedindo.

O plano era ir na padaria de sempre, mas parei pra ver o maldito bolo de chocolate com nozes na vidraça dos bacanas. Amarrei a corrente no ferro de estacionar bicicleta e entrei. Tinha só dois clientes, era um casal com cheiro de amaciante e vestindo roupa de caminhada matinal. A padaria tinha acabado de abrir. Sentei no balcão e pedi uma fatia do bolo de chocolate com nozes pro atendente. Que merda. Até os trabalhadores desse caralho tem cara de bacana.

"Aqui a gente trabalha com o pagamento adiantado. A fatia é dois e cinquenta."

"É importada essa porra?"

"Amigo, eu tô trabalhando, não tenho tempo pra piada, não."

Cortou um pedaço, embrulhou numa embalagem plástica e me entregou.

"Não é pra viagem. Eu vou comer aqui."

"A gente ainda não abriu, então acho melhor o amigo comer lá fora."

"Amigo?"

Deixei o dinheiro no balcão e saí da padaria. Desamarrei o Mandrake e entramos. O cachorro relutou um pouco, mas ficou do meu lado. Sentei no banco em frente ao atendente, abri a embalagem e dei uma mordida no bolo. Caralho, a massa tava seca, o chocolate era puro sebo. A noz não tava ruim, mas a textura parecia mofada.

"Se não sair daqui agora com o cachorro, vou chamar a polícia."

"Faz esse favor. Aproveita e diz que tem uma vida na praça."

"Tá tudo bem aí?" perguntou o bacana da caminhada matinal levantando e aproximando de mim.

"Tá tudo certo." respondeu Buba na entrada da padaria "Me vê um café."

"Ele tá importunando os clientes." disse o atendente.

"Não tô vendo o guri fazer nada disso."

Continuei comendo o bolo de merda.

"É que não pode cachorro aqui." disse o bacana.

"E preto pode?"

"Lógico." respondeu o bacana "Ninguém aqui é racista, não."

"E por que tás me olhando como se eu fosse cachorro? Burguês safado. E tu aí, vai fazer a merda do meu café, que eu não tô cagando tempo, não."

O atendente foi até a cozinha, falou com uma moça e voltou pro balcão. O bacana pagou a conta e foi embora com a mulher. Buba sentou do meu lado e perguntou como tava o bolo. Eu disse a verdade.

"Vai acreditar se eu falar que o teu pai tá preocupado contigo?"

"Vou." Mordi só a noz "Viu como tá o céu? Hoje vai chover."

"É. Faz dias que tá só ameaçando."

"Estranho. Choveu aqui esses dias. Lá não?"

"Não. Só uma garoa fina de uns dez minutos."

Uma moça saiu da cozinha e entregou o copo de café. Buba agradeceu e tomou em pequenos goles. O atendente pegou o telefone e fez uma ligação tentando tapar a boca.

"Acho que aquele viado tá ligando pros gambé. Só vou embora depois de tomar meu cafezinho. E o guapeca?"

“É o novo integrante da família, mas tô meio preocupado de levar ele pra casa. Não queria que acontecesse o mesmo que aconteceu com o Tobias.”

“Não esquenta. O babaca não vai fazer mal nenhum. O Leandro puxou o coro dele, quase matou.”

“Então foi isso. Eu vi o bicho todo quebrado voltando com sacola de pão. Pensei que tinha caído de moto. Por que o Leandro fez isso?”

“Não sei. Ficou mudo quando eu perguntei.” E soltou a risada demoníaca que só ele tem.

Levantamos. Buba deixou uma nota de um real pelo café e disse pro porra ficar com o troco. Ligou a F-100 e seguimos. Mandrake uivou baixo ao chegarmos perto da praça. Havia duas pessoas se afastando de onde tava o corpo de Ulisses. Buba diminuiu a velocidade. Era Celeste chorando e a mãe tentava consolar ela.

“Será que precisam de ajuda?”

“Deve tá chorando por causa de macho. Vamos pra casa.”

Olhei pelo retrovisor interno e até hoje lamento não ter descido do carro pra abraçar ela uma última vez.

No meio do caminho, quando chegávamos no Santo Antônio, a chuva caiu em pingos grossos e Buba preferiu parar no acostamento por causa dos pneus carecas. Acendemos um cigarro cada um e abrimos as janelas. Ligou o rádio e sussurrou a canção que tocava. Só recentemente descobri ser Still The Same, do Bob Seger.

“Vais voltar pra escola?”

"Vou fazer supletivo ano que vem. Tá decidido. Amanhã quero ver se consigo meu emprego de volta, mas acho difícil."

"Trabalha comigo. O Leandro vai ficar na parte da pintura e verniz. Os negócios tão crescendo."

Aceitei, é claro.

"O que acha de a gente pegar gatanhão quando chegar?" perguntei.

"É uma boa. Com essa chuva fica mais fácil. Mas tenho umas entregas pra fazer daqui a pouco."

Seguimos quando os pingos afinaram. Ao chegarmos, Buba estacionou o carro em frente ao galpão, pois precisava colocar as peças de montagem de um guarda-roupa na carroceria.

Leandro pintava a gaveta de uma escrivaninha. Largou o pincel no chão quando me viu e veio de braços abertos. Aceitei a convenção. Foi um abraço confortável.

"Não quero viadagem no meu galpão, não."

Mostrei o cachorro pra ele. Pegou o bicho e ergueu, estilo Rei Leão.

Deixei o galpão e caminhei de volta pra casa. Mandrake ficou cheirando a cruz e a terra em que Tobias tava. Coloquei a chave na fechadura, mas acabei hesitando. Olhei pra trás. Dona Osnilda tava no mesmo lugar de sempre, olhava o nada pelo canto da janela. Eu precisava falar com eles.

Bati na porta. Dona Angélica atendeu. O filho dela tava logo atrás.

"Descobri que a Denise ficou num hotel esperando o meu irmão conseguir uma grana pra irem morar em algum lugar do interior. Acho que isso explica o galão de gasolina que ele carregava na última vez que a gente se viu. Tem o dono de um mercadinho que talvez saiba pra qual cidade foram. Mas é só isso o que eu sei. Agora é passar pra polícia."

Dona Angélica sentou na cadeira da cozinha com a mão no peito e suspirou.

"Me perdoa, Samuel. Me perdoa. Meu Deus do céu. Olha, guri, tás tirando uma angústia de dentro de mim. Eu sonhei com o pior. Graças a Deus que eu tava errada."

Até tentou conter, mas não conseguiu, desabou em lágrimas. O filho massageou o ombro dela e se abraçaram. Da minha parte era isso.

Me virei e atravessei pra entrar em casa.

"Espera."

Ele aproximou e estendeu a mão pra mim. Olhei pra cruz do Tobias e olhei pra cara dele. Aceitei a convenção.

"Vamos esquecer o que passou." pediu.

"Não vou esquecer. Mas vamos seguindo."

Balançou a cabeça como quem diz "Tudo bem. Já é alguma coisa."

Deixei ele ali parado e entrei em casa. Eu não queria sua amizade e nem sua conversa. Tirei a coleira do Mandrake e entrei no meu quarto. Vou ter de inventar algo pra fazer sem o meu Super Nintendo. Vou ler o livro que a Celeste me deu. Talvez até me faça querer ler outras coisas.

Mandrake entrou de fininho farejando tudo. O quarto já não fedia, mas ainda tinha o cheiro do Tobias.

"E aí, amigão. Vamos caçar o almoço?"

Larguei a mochila em cima da cama e fui pra cozinha pegar a bacia ao lado do fogão.

Peguei minha bota embaixo do tanque e passei com Mandrake pelo canavial e o chão de argila, depois entramos na trilha em que o mato tomava conta. Me abaixei e apontei o buraco pro cachorro. Farejou, mas não fez nada. Meti a mão lá no fundo e puxei um gatanhão. Mandrake virou a cabeça como uma reação de surpresa. Cheirou o bicho e mordeu de leve. Joguei dentro da bacia. Ia demorar até o cachorro aprender o que fazer, mas sem problemas, não tenho pressa.

Seguimos até a parte mais pantanosa. Tava cheio de buracos nos cantos de terra. Mandrake farejou alguns e se distanciou pro solo argiloso. Caguei as mãos enfiando nas tocas pra pegar os bichos.

Vi o rabo dele balançando no meio das raízes. Talvez não tenha demorado tanto assim pra caçar. Afundei pé por pé pra chegar até ele. Empurrei as raízes pro lado e a bacia caiu da minha mão.

XVII

Voltávamos para casa no intervalo do mercado e você deu carona para o Samuel quando ele saía do primeiro dia dele na hípica. Entrei apressada e me tranquei no banheiro. Minha mãe chegou a ficar preocupada querendo saber o que tinha acontecido. Sentia meus peitos sensíveis fazia alguns dias e eram frequentes as dores de cabeça. Agora descobri o motivo. O primeiro risco é bem evidente, o segundo é um pouco mais fraco, mas está ali, é o que importa.

Meu Deus, isso é muito estranho. Eu quero pular de alegria e contar para todo mundo, ganhar presentes... ser paparicada, sabe? E você vai se preocupar comigo e tomar cuidado com tudo. Mas ao mesmo tempo dá medo. Eu vi na TV que os primeiros meses são mais delicados, pois a mulher pode perder o bebê a qualquer momento da gravidez. Vou ficar triste até o fim da minha vida se isso acontecer, pois mesmo que eu tenha outro filho, sempre vou pensar naquele que não pôde nascer. Ai, Denise, tira isso da cabeça, aproveita esse momento único.

Toquei meu ventre. Ali carregava agora uma vida. Essa felicidade é um momento só meu, depois compartilho com você. Mas agora quero sentir, imaginar esse ser que respira e se alimenta dentro de mim. Tem mais um coração batendo onde bate o meu. Coração dentro do coração.

Fechei a mão para esconder o resultado e saí de casa. Era cedo para dar a notícia pra minha família, queria primeiro ter certeza de estar tudo bem, antes de anunciar para o mundo. Bati na porta e você atendeu. Minha boca tremia tentando esconder a felicidade. Desculpa, meu amor. Você tem mais planos que eu, sei disso, e nenhum deles foi ser pai. Mas acredite, quando nosso bebê nascer, vai ser o momento mais feliz da sua vida.

"Eu sei." Você disse enquanto ligava o carro "Me desculpa. Foi uma surpresa pra mim. Não esperava por isso."

"Tudo bem, meu amor. Tudo bem."

Nossa, lembro que eu não conseguia parar de sorrir nessa hora. Era um sentimento tão bom de paz e segurança.

Fomos para o refeitório do mercado e foi tão lindo te ver colocando o meu café e passando margarina no pão. Era você cuidando de mim. Meu porto seguro. Conversamos baixo para ninguém nos ouvir. Em mercado sempre tem muita fofoca e olho grande.

"Vamos procurar por uma casa." Você disse "Mas aqui na ilha não dá, o aluguel é quase o valor do salário. Casa barata é só no morro, mas morro é foda, é muita violência. Vou vender minhas coisas e o carro e a gente pode conseguir comprar uma casa na Palhoça ou em Biguaçu."

"Mas não pode ser muito longe, amor, senão fica ruim pra gente vim trabalhar."

"Não se preocupa, vou dar um jeito. E o mercado é passageiro. Daqui a pouco eu me formo, tiro a OAB e já começo a atuar. Vai dar tranquilo de criar nosso filho."

"Ou filha."

Fomos no cachorro-quente para comemorar. Você reclamou, pois queria um lugar mais saudável pra mim. Fomos para o seu quarto e me fez massagem e carinho até eu dormir. Quando acordamos, fiz um ensopado de gatanhão. Eu nunca gostei desse bicho. Você sempre preferiu mais do que frango. Seu irmão chegou e tentei disfarçar para ele não perceber minha alegria.

Esperou o Samuca ir para o quarto e então me disse sobre sair da banda, pois não podia mais gastar dinheiro com ensaio e nem com gravação. Fui lavar a louça e você me pediu para não fazer esforço, até falou com certa grosseria, mas sei que não foi por mal.

Fomos trabalhar e você parou no posto de gasolina para comprar o jornal dos classificados. No mercado, os clientes perceberam meu contentamento, o gerente disse que queria ver o meu sorriso mais vezes. Você ouviu isso quando estava abastecendo na frente do caixa. Não demonstrou, mas ficou com ciúme. Eu te conheço.

No fim da tarde, passou por mim para entregar caixas para uma cliente e acariciou minha barriga sem ninguém ver. Fez me sentir segura.

Vamos passar por momentos difíceis, eu sei, mas o importante é que nunca estarei sozinha, pois tive a sorte de encontrar alguém como você... e poucas pessoas têm. É o meu homem, o amor da minha vida. E não apenas isso. Você é único.

Sempre se importou com o seu irmão. Quando ele entrou no mercado, vi você entregando dinheiro para ele. Mesmo o Samuca sendo um pouco estranho, você quer fazer por ele o que seu pai não consegue fazer, por estar sempre cansado e distante.

De onde eu estava vi vocês na praça. Acho que em algum momento discutiram, pois quando você voltou, não estava com uma cara muito legal. Eu te perguntei e você foi sincero, disse para ele que as coisas iriam mudar, pediu para se prevenir se fosse se relacionar com alguém.

Você quis me levar para jantar. Pedi para irmos naquele boteco na Trindade. Ouvimos um som acústico e me disse que Dust In The Wind seria a nossa música. Comemos uma pizza tamanho família. Dei a ideia de eu escolher a metade de um sabor e você escolher a outra, mas você me disse: "hoje a noite é sua." Comemos a de frango e a de marguerita.

Na volta para casa, paramos embaixo do elevado do João Paulo e me explicou o plano. Circulou uma casa na Palhoça. Ia vender o carro e mais outras coisas para dar de entrada e quitar algumas parcelas. Me mostrou a foto no classificado. Era perfeita para três vidas. Eu podia ficar aqui descrevendo a sensação, mas só palavras não são suficientes, porque no mesmo dia que descobri ser mãe, também descobri ter o melhor homem deste mundo.

Me entregou as chaves quando chegamos em casa. Enquanto conferia os pneus, pediu para eu abrir a porta sem fazer barulho, pois seu irmão e seu pai dormiam. Parei na frente da porta e olhei para o meu ventre. De repente você pôs os dois braços pressionando o meu pescoço. Achei que estivesse brincando, seria uma brincadeira estúpida, mas não parou. Eu dei tapas, tentei puxar seu braço, e você pressionou com mais força ainda e me senti sonolenta. Aos poucos meu corpo ficou leve e tudo escureceu.

Dona Osnilda permanecia em pé no banheiro com a calça abaixada e segurava o papel higiênico sujo de fezes diante do espelho. Horas antes, tinha sujado com molho de espaguete o casaquinho de renda, mas só agora havia visto. Usou o papel sujo para limpar o casaco. Esfregou diversas vezes e só parou quando o papel se esfarelou por completo, ficando apenas suas unhas a desnivelar a renda.

Deixou o banheiro e se sentou na poltrona em frente à janela, puxou a cortina para o lado e viu a neta Denise ser esganada pelo Rafael. Dona Osnilda continuou observando até mesmo depois da neta desfalecer.

Afrouxei o braço e ela caiu. Não tive tempo para chorar e nem pedir perdão. Talvez nos próximos dias eu me arrependa. Mas não estou pronto para ser pai. Denise jamais abortaria se eu pedisse, já tínhamos conversado sobre isso nas outras vezes em que suspeitou estar grávida. Não é a mulher com quem quero passar minha vida. Ela não tem sonhos, não pensa em terminar os estudos. Eu sou um covarde, eu sei. Mas a verdade é que não pensei, não fiz um plano. Apenas agi por desespero.

Levei as mãos à cabeça. Não acreditei no que eu estava fazendo. Precisava dar um jeito nisso. Peguei-a no colo e ao me virar, avistei dona Osnilda me observando pelo canto da janela. Meu Deus, eu não posso ser preso. Calma, porra. Uma coisa de cada vez. É só uma velha coroca. De vez em quando ela tem momentos de lucidez, mas não agora, senão já teria gritado. Tá bom, tá bom. Vou cuidar primeiro disso e depois volto para resolver com essa velha maldita. Corri com a Denise no colo em direção ao mangue.

Antes de abrir os olhos, senti minha cabeça chacoalhar algumas vezes. Estava me salvando? O que aconteceu? Te segurei com força para não me deixar cair e então você me soltou. Estava escuro, mas eu pude ver a trilha para o mangue. Pressionou meu pescoço novamente e compreendi o que acontecia. Arranhei seu braço uma, duas, três vezes. Fiz com tanta força, que senti sua pele se encher embaixo das minhas unhas. Fui perdendo força e a visão se tornou escura mais uma vez.

Dona Osnilda não via mais a neta e nem ele. Continuou olhando para o nada até sentir os olhos caírem. Era o sono. Se levantou da poltrona e enquanto se dirigia para o quarto, arranhou as unhas no casaco para tentar tirar a sujeira de fezes. Abriu a porta e acendeu a luz. Dona Angélica, dormia na cama de casal e acordou com os olhos cerrados pela claridade.

"Mãe. Apaga isso e vem dormir. Anda."

Tentei respirar e senti a água passar por dentro do meu nariz. Foi uma ardência que me deixou em pavor. Você pisou em minha cabeça e eu me afoguei na água lamacenta do mangue. Forcei as mãos no chão para tentar sair e elas se afundaram na lama. Se abaixou e jogou a força do seu corpo, aumentando a pressão contra a minha cabeça. Eu devia parar de tentar respirar, mas o apavoro não me permitia. Tentei mover o resto do corpo e ele afundava cada vez que eu me mexia. A água tomou conta de mim. Você podia parar, ter desistido, me pedido desculpas. Eu podia até te perdoar. Se tinha tanto medo, por que não conversou comigo? Um cansaço me dominou, mesmo com o coração em pânico. Você forçou mais um pouco e meu rosto ficou contra a terra, entrando junto com a água. Era como se eu queimasse por dentro e aos poucos não precisasse mais respirar. Não tinha força e não tinha dor.

Você podia ir embora ou não assumir, muitos fazem isso. Eu tinha uma vida. Eu podia não ter os mesmos planos que você, mas eu tinha uma vida. E tinha uma vida dentro da minha e que fazia parte de você também. Meu bebê. Como ele seria? Eu nem cheguei a pensar em um nome para ele. Tudo se foi. Você tirou de mim. Encerrou a minha vida e matou o meu bebê. O meu bebê. O meu bebê.

Juntei a bolsa dela caída em frente à porta de casa e fui tomar um banho. A visão do que fiz permanecia em minha mente. Coloquei as roupas sujas em uma sacola. Revirei a bolsa e encontrei os documentos, o teste de gravidez e as chaves de casa. Eu só precisava entrar em silêncio e estrangular a velha até a morte. Não, não tem como. Aquela filha da puta dorme no mesmo quarto que a filha. Não tem como matar as duas em silêncio. E tem o gordão também. Caralho. Pensa, porra. Pensa. Eu posso fingir que a Denise desapareceu, mas vou precisar de uma boa história e ainda contar com a sorte da velha coroca não dizer nada. Se a polícia for a fundo, vão saber dos lugares por onde passamos e vão me espremer até eu confessar. Porra, seu idiota. O que você fez? Acabasse com a tua vida, seu animal. Era só ter pensado um pouco mais.

Corri pela rodovia carregando a sacola com as minhas roupas e parei no fim do terreno abandonado, perto da fábrica de sorvetes. Coloquei fogo na sacola. Como vou explicar o sumiço dela? Precisaria de um motivo. As chamas. Aquelas chamas.

Comprei um galão de cinco litros de gasolina. A casa vai queimar e todos vão morrer. A polícia vai saber que foi proposital. Vou dizer que jamais esperaria isso dela. Vou mostrar o teste de gravidez. Ela me disse que a família não queria esse bebê. O irmão falou pra ela abortar. Denise fez o que fez por amor. Amor à vida que carregava dentro dela. E vão passar anos procurando por uma fugitiva que não existe. Mas preciso dar um jeito no corpo. Vou ter que afundar mais.

Não. Não pode ser. Não... Não é ele. Puta que pariu. Não, porra. Não. Era pra ti estar na casa da guria do 145, não era pra vir agora. Não, porra, não. Caralho. Acabou. Eu me fodi. É isso. Aceita que acabou. Não posso matar todo mundo. Não posso matar meu irmão. Ele me viu com o galão enquanto eu olhava pra casa dela.

"E aí?" perguntei.

"Certinho."

"Tô esperando a Denise."

Observei Samuel entrar em casa.

Desculpa, maninho. Não posso voltar no tempo, não posso mudar a merda que eu acabei de fazer. Nossa vida sempre foi amaldiçoada.

Entrei no meu quarto, peguei todas as minhas coisas e coloquei dentro do carro. Por um momento pensei em desistir de tudo, dormir e no dia seguinte me entregar. Liguei o motor e saí devagar para não fazer barulho. Dei a ré e deixei a garagem. Vi a janela do teu quarto ser aberta. Mudei a marcha, larguei um pouco a embreagem e me aproximei. Parei bem ao seu lado e nos olhamos pela última vez. Queria confessar apenas para você antes de sumir, mas não tive tempo. Fechou a janela e segui adiante.

Parei no fim da rua e pensei em qual direção pegar. Precisava vender minhas coisas e conseguir um lugar, uma nova identidade. Olhei os objetos pelo retrovisor interno. Não deixei nada pra trás, a não ser tudo o que eu podia ter.

XVIII

Daqui a seis dias vai fazer três anos que Mandrake e eu encontramos o corpo da Denise afundado na argila do mangue. Entrei em estado de choque, mas não quero falar sobre isso agora. Na mesma semana meu pai comprou uma casa na periferia da Palhoça. Minha relação com ele ainda é distante. Quase não nos vemos, pois passo a maior parte do tempo aqui no quartel. E quando volto para casa, ele está trabalhando. Fiz supletivo e concluí o ensino fundamental. Se tudo der certo, este ano termino o ensino médio.

Fico feliz que eu tenha conseguido terminar de contar minha história. Segui o conselho do Ulisses e procurei atendimento psicológico, está ajudando bastante. A culpa que carrego e as visões que tenho de minha mãe morta já não são constantes. Consigo dormir de luz apagada, não acordo no meio da noite e é raro eu ter pesadelos.

Não sei quem você é e nem onde está. Talvez as coisas não estejam bem para você ou para todo mundo. Mas espero do fundo do meu coração que fique bem.

andersonfelix048@gmail.com
(48) 99152-0893
facebook.com/anderson.felix.507
semnomealgum.wordpress.com

Este livro foi composto em Electra LT Std e Myriad Pro,
sobre papel Pólen Soft 80g, na primavera de 2020,
em Curitiba, para Kotter Editorial.